CONTENTS

윤지구_side.jpg

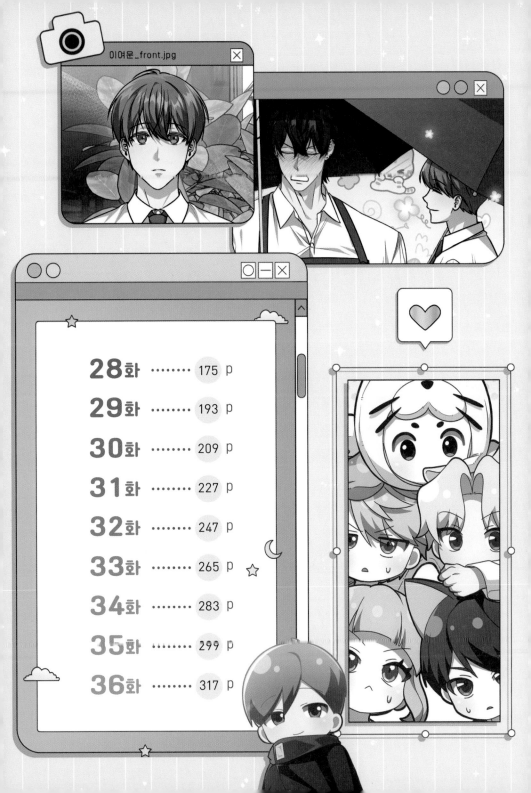

이여운_front.jpg

Previously on
이웃집 길드원

모츠에나 님,

모츠에나한테
고백 공격당한
neutaaaa.

저
남자라니까요?

에이,
또 그러신다ㅎ

아니,
하…

저번에 한번
정색하고 나간 뒤로

미안하다고 사과도 하길래
알아들은 줄 알았는데….

저 진짜 님이랑
사귈 생각 없으니까
그만 좀 하세요.

멈칫

… 그럼 지구별은요?

…응?

지구별이랑 커플이시잖아요.

아, 혹시 지구별 여자예요?

ㄴ…네?

?

그게…

지구별 님도 남자고… 저랑은 곧 헤어질 건데요.

지구별이랑도 사귀셨는데 왜 저랑은 못 사귀어요?ㅋ

지구별도 받아줬으면서ㅋㅋ

그런 똥차 빨리 헤어지고 저라는 새 남자 만나시는 게ㅋ

왕알

앵알

8

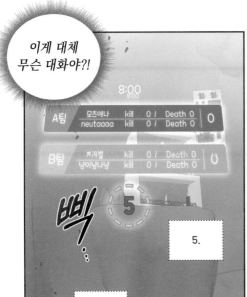

이게 대체 무슨 대화야?!

1······

READY.....

FIGHT!

기다려주세요^^

좋아, 이번 PVP가 끝나면 이 길드는 탈퇴하자.

5.

4.

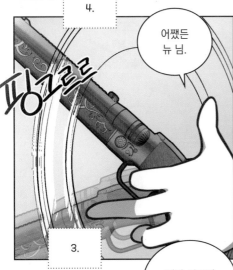

어쨌든 뉴 님.

3.

제가 지구별 목 따올 때까지…

2······

최대한 안 죽게 아래에 숨어 계세요^^

아, 예….

따다다 따다다

같이 연습 좀 해보니,

결국 나는 그냥 가만히 있는 게 도와주는 거라고 판단한 모양이군.

Lv.196 섀도우 워리어

내가 좀 많이 죽긴 했지….

Lv.250 건슬링어

!

두두두...

지구별이랑 냥 님!

Lv.200 발키리

두 두 두

두 두 두

Lv.250 나이트 스피어

철컥

퍼엉

"후킹스타"!

!!

쯔엉

!!

냥 님, 뒤!!!

엥?

'냥이냥나냥' 님께서 사망하셨습니다.

부활까지 10···

나이스!

?????
헐, 말도 안 돼.

뉴 님한테 죽다니;

2…

1…

※리젠함

아,
냥냥아…

그걸 처맞냐.

!!

부활하자마자
나한테 바로
온다고?!

그래도 아까처럼
모츠에나랑
연계 스킬을 쓰면…

와…

완벽한
연계 플레이…!

둘이
직업 상성도
안 좋은 데다가,

같이 합도
안 맞춰봤을 텐데
어떻게 이런…!

이게 바로
그런 건가?

함께해온 세월과
우 정… 그리고
유대감…?

'neutaaaa' 님께서
사망하셨습니다.
부활까지 10초…

'모스애니' 님께시
사망하셨습니다.
부활까지 10초…

후~

냥냥아,
타이밍 좋았다~

퐁

퐁

타악

'냥이냥냥냥' 님께서
사망하셨습니다.
부활까지 10초…

?

??

머야,
냥 님은 왜
죽었어요?!

때리다
반동 대미지
입어서… ㅋ

ㅋㅋㅋㅋㅋ ㅅㅂ
지구별 살려~~

……

음…

우연이었던 걸로.

(머ㅡ쓱)

그러나…

시간종료
00:00
삐이

〈딸기잼〉 길드
KILL 22

〈포세이돈〉 길드
KILL 20

딸기잼 WIN	모츠에나	KILL 13 / DEATH 9
	neutaaaa	KILL 9 / DEATH 11
포세이돈 LOSE	지9별	KILL 15 / DEATH 4
	냥이냥나냥	KILL 5 / DEATH 18

1 ROUND
딸기잼 길드
WIN

어질 어질

오잉?

연계 공격은
정말로
우연이었던 건지

졌네…

이영~
냥이 데스 수
보소

굼적

오히려 그 뒤엔
손발이 안 맞아
엉망진창이었다.

정신없이 싸워서 어떻게 이겼는지도 모르겠네….

격투장으로 돌아갑니다

Tip. 방어할 수 없는 공격을 조심하세요!

80%

3판 2승제에서 1승인가….

만약 저쪽 팀이 다음 라운드도 패배하면

게임은 그대로 딸기잼 길드의 승리로 PVP가 끝난다.

하지만 그렇게 되면 딸기잼 길드의 요구대로…

지구별의 캐릭터는 삭제된다는 뜻.

…괜찮은 건가?

ㅋㅋㅋㅋㅋㅋ

모츠형 1승 ㅊㅊㅊㅊㅊ

ㄴㅇㅇㄱ

거너 클라스~~

…너무 심한 거 아니야?

야!!

타다닷

닷

휘리릭

아무리 게임이라고 물타기가 쉽다지만,

입에도 못 담을 말을 할 정도인가?

안 되겠어, 몇 개는 캡처해서 신고라도 넣어야…

스윽

무지개빛
튤립 요람

헐, 튤립 요람;
인겜에서 보는 건
처음이야!!

헐,
저…저거!!

웅성
웅성

하, 개빨라~~~
이속 템 짱이야~~

꺄르륵~

팡그르르

쌩
ㅇ~!!

헐, 존예

★★★★
무지개빛 튤립 요람
2억에 삽니다!!
쿨거 가능
★★★★

개예쁘다;

어디서 파는 거임?

ㄷㄷ

ㅁㅊ다….

……

왜
자랑 안 하나
했다.

이쁘지??
부럽지????

다음 판 지면
캐삭당하는 애 맞음

저 관종
ㅋㅋㅋ

…뭐 저런 애가
다 있냐.

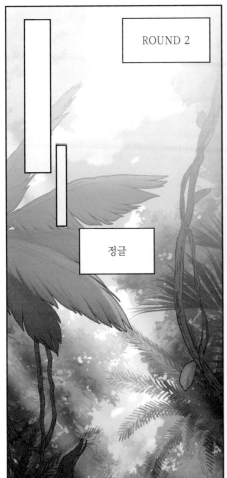

ROUND 2

정글

두리번

두리번

헉…
연습할 때
안 해본
맵인데….

다른 유저들은
어렵다고
별로 안 좋아하는
맵이라서요.

설마 어린
고를 줄이야

이 맵이
그렇게
어려워요?

다른 맵에 비해
변수가 많거든요.

발판 높이가 높아서
떨어질 때
낙하 대미지가
있다든가…

초보자들은
낙하 대미지
계산 못 하고
죽기도 하니까요.

윽 지금보니
지 같은 맵
골랐네

투덜

에이… 그래도
내가 레벨이 180인데
설마 낙댐에 죽겠어?

풀쩍…

그리고…

랜덤으로
독 안개 트랩도
발동되고요.

컥

그,
그러네요….

발판이 푹 꺼져서
빨리 움직이지 않으면
밑으로 떨어지기도…

그러네요오오~

그래도 그만큼
딜로스가 많이
일어나는 맵이라,

도망치긴
좋으실 거예요.

네….

도망치기
좋은 거
맞아…?

지구별이
추천한 맵답다….

폐허 도시
노잼!!

다음 판
무조건 정글 가!

나는 맵이 익숙하지 않으니 신중하게…

아!

미친, 또 독댐이…!!

아차.

맨날 혼자 집에서
게임하다보니
혼잣말이
입에 붙었네.

조심해야지.

'냥이냥나냥' 님께서
사망하셨습니다.

부활까지 10…

응?

[일반]냥이냥나냥:
아니 ㅁ1친
낙사;;;

[일반]지9별:
냥냥아…
게임 시작한 지
15초밖에 안 지났다.

2라운드
첫 데스가
자살…

냥 님…

여튼…

죽었으면
조용히 해.
냥냥아!

지…

'모츠에나' 님께서
사망하셨습니다.

부활까지 10…

헉.

지구별…!
빠르다…!

……

…?

멸뚱 멸뚱

안 싸우나…?

'살려주세요'

해봐ㅋ

톡♡

……

부웅

휘오오오

…

해치웠나?

(양대, 그 대사만큼은…!)

"디펜스 배리어"

아, 따가흥

'neutaaaa' 님께서
사망하셨습니다.

부활까지 10…

……

에궁…

'살려주세요' 했으면 살았을 텐데….

빠작

나 같으면 실려달라고 했다 ㄷㄷ

먹금하세요, 누님.

절끈…

…한 대.

한 대만 때리게 해줘.

ILLUSION...

21화

"속박"!

윽!!

너도
'살려주세요~'
해봐!

끄즈 ^^ㅗ

그럼
어쩔 수
없고!

'모츠에나' 님께서
사망하셨습니다.

부활까지 10…

으악,
또 묶였어!

꽈악~

ㅅㅂ 냥 어쩌구
속박 쿨이
왜 저렇게 짧아??

저거
핵 맞죠???

…저한테
물으셔도…

발키리는
처음 보는데
그걸 내가
어떻게 알아.

46

살려주려고
했는뎅...

젠장…!

한 대도
맞힐 수가 없어!

근처에 가자마자 바로 궁극기를 쓰면…

…"필살".

"논개 다이브"~

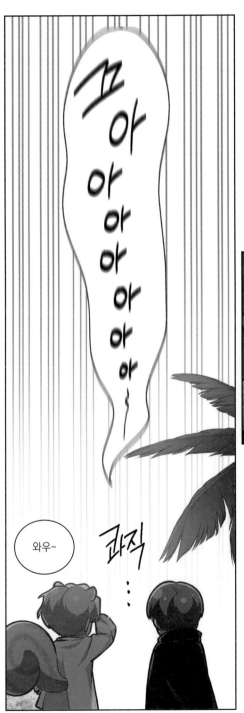

'모츠에나' 님께서
사망하셨습니다.
부활까지 10초…

'냥이냥나냥' 님께시
사망하셨습니다.
부활까지 10초…

몇 분 전…

으, 지크별
지 같은 맵
골랐네

초보자들은
낙하 대미지
계산 못 하고
죽기도 하니까요.

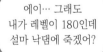

와우~

과직
…

에이… 그래도
내가 레벨이 180인데
설마 낙댐에 죽겠어?

꿀꺽…

위와 같은 말을
했던 모츠에나.

'모츠에나'님께서
사망하셨습니다.
부활까지 10초…

'냥이냥나냥'님께서
사망하셨습니다.
부활까지 10초…

'모츠에나'님께서
사망하셨습니다.
부활까지 10초…

'냥이냥나냥'님께서
사망하셨습니다.
부활까지 10초…

'모츠에나'님께서
사망하셨습니다.
부활까지 10초…

'냥이냥나냥'님께서
사망하셨습니다.
부활까지 10초…

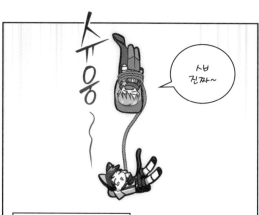

ㅅㅂ
진짜~

지구별이 먼저
상대의 피를 10%로
깎아놓은 다음,

냥이냥나냥이
바로 속박 스킬과 함께
낙하해버리는 작전으로…

'모츠에나' 님께서
사망하셨습니다.
부활까지 10초…

'냥이냥나냥' 님께서
사망하셨습니다.
부활까지 10초…

벌써…

몇 번을 저렇게
죽은 건지 셀 수도 없다.

[전체]모츠에나:
아니, 하…
게임 좀 매너 있게
하세요;

죽을 거면
혼자 죽든가
——

[전체]냥이냥나냥:
ㄴㄴ

[전체]ㅈi9별:
죄송합니다.
저희 애가 외로움을
타는 편이라서요^^

[전체]모츠에나:
ㅅㅂ 진짜

많이
화났군….

그럴 만도 하지…

마음 같아선
나도 도와주고
싶지만,

맵이 너무 어려워서
뻘짓하다
몇 번 죽었더니
못 움직이겠어….

까악

재밌어♡

폴짝

폴짝

걔는
아주 신나서
뛰어댕기네….

남은 35초,

빗…

00:35

빗…

모츠에나가
죽은 만큼
냥 님도 죽었으니,

내 쪽에서
최대한 죽지 않고
살아남으면 적어도
승산은 있어…!

"속박"!

콰악

앗.

—라고
생각하자마자…

ㅎㅎㅎ

ㅋㅋㅋ

'살려주세요'
해바ㅋ

해봐!

······

사···

살려주세요···.

덜.

하란다고 진짜 하네.

ㅋㅋㅋㅋㅋㅋ

……

'모츠에나' 님께서 사망하셨습니다.

부활까지 10초…

이게 대체 무슨 게임이야…?

정세형 Talk 메시지가 도착했습니다.

반짝

야 혹시 속아서 원양어선 탄 거면 말해 구하러 갈게.

나 방금 쫌 멋있었다ㅋ

초밥 언제 와요, 주인님.

아, 초밥…

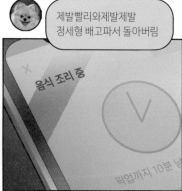
제발빨리와제발제발 정세형 배고파서 돌아버림

음식 조리 중

픽업까지 10분 남

픽업까지 10분 남았네.

2라운드 시작 전에 예약하길 잘했어.

결국은 3라운드까지 가게 됐으니….

뉴 님, 막판은 진짜 제가 지켜드릴게요.

제 뒤에만 딱 붙어 계시죠ㅎ

진짜 개빡치네.

낙사맵은 이래서 싫다고.

초밥… 맛있으려나….

그래도 핵 상대로 이 정도로 싸운 거면 선방했어요, 그죠?

다음 맵은 그냥 폐허 도시 하자고 해야겠어요.

나도 슬슬 배고픈데….

[일루전] 핵쟁이 공개처형 영상 같이 보는 글

작성자 : (익명)

딸기잼 VS 포세이돈 프붑전 같이보자
영상링크는 인기글 2위 본문에 보면 있음.

아, 시발
샤워하고 왔는데
벌써 끝남?

ㄴ이제
3라운드 시작

2라 개웃겼는데ㅋㅋㅋ
'살려주세요~' 이 ㅈㄹ
ㅋㅋㅋㅋㅋㅋ

ㄴ진짜 도라이 같음
ㅋㅋㅋ

모츠에나 아까
논개 ㅅㄴ 당하더니
개빡쳤나 보네;

숨소리
거친 거 보소,,

아까 샷건 치면서
욕하더라ㅋㅋㅋ
분조장 온 줄ㄷㄷ

모츠 형 한숨 ㅈㄴ 쉬는데
채팅은 다 ㅋㅋㅋ로 도배됨.

ㄴ마이크 좀 껐음 좋겠음;

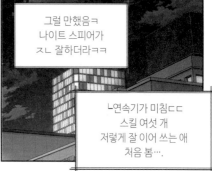

그럴 만했음ㅋ
나이트 스피어가
ㅈㄴ 잘하더라ㅋㅋㅋ

ㄴ연속기가 미침ㄷㄷ
스킬 여섯 개
저렇게 잘 이어 쓰는 애
처음 봄….

58

59

크리티컬
터졌네ㅋㅋ

뉴타가
냥다섯글자 썰었다!

Critical

당신이 바로 리틀포레스트의
정신을 이어받은
진정한 영웅이십니다!

야. 근데…
거너 0티어 직업
아니었나?

ㄴ모츠에나 쟤 무기에
치명타만 발라서
딜만 쎈 듯ㅋㅋ

쟤 컨트롤이 ㅈ망이라
구려 보이는 거지
0티어 직업 마즘ㅇㅇ

와…

지구별
ㅈㄴ 잘하네

ㅋㅋㅋ ㅅㅂ

저러다 딸기잼
지겠는데?

ㅋㅋㅋ모츠에나
또 욕하네ㅋㅋㅋ

ㄴ1라 때 여유 부리던
모츠 어디 갔냐ㅋㅋ

핵 옹호자들 역겹네?
모츠 형이 총대 메고
싸워주고 있구만
고맙다고는 못 할 망정——

ㄴ?? 님 혹시
모츠에나?

ㄴ겠냐?

와, 지구별 혼자
20킬째임ㄷㄷ

그래서 지구별
핵이라는 거임,
아니라는 거임?

ㄴ몰라, 일단
신고 넣었음.

10초 남았다.

아ㅋㅋ

모츠에나 물약 먹다
봉변ㅋㅋㅋㅋㅋ

ㅋㅋㅋㅋㅋㅋ

와

타격감 ㅁㅊ다.
ㄴ 나두 나이트 스피어
키울래;;

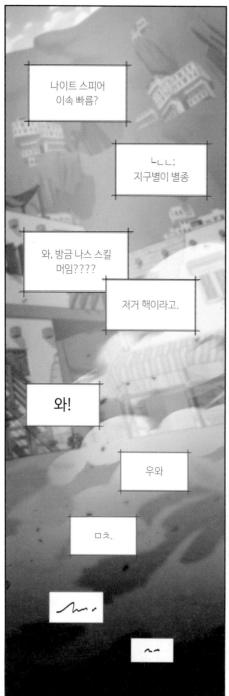

와… 결국
포세이돈이 이겼네.

FINAL ROUND

포세이돈 길드

WIN

모츠에나 공개 고백
어떻게 되는 거임
ㅋㅋㅋㅋㅋㅋㅋㅋ

팝콘 가져와
ㅋㅋㅋ

tomato: ㅋㅋㅋㅋㅋ
mom101: ㅠ 모츠형…
사과bab: 아… 내 사료
Goe: @@새+ㅣ야ㄴ
내 골드 날렸ㅈ
응1가: ㅋㅋㅋㅋㅋㅋ
112113: 핵쟁이한담
발리냐
서껌 고수: ㅋ 쪽
죄송
tomato: ㅋㅋㅋㅋㅋㅋ
101: ㅠ 모츠형…

얼ㅋㅋㅋㅋㅋㅋ

모츠에나 샷건 친다
ㅋㅋㅋㅋㅋㅋㅋㅋㅋㅋ

누님, 죄송해요~래
ㅋㅋㅋㅋㅋㅋ

헐, 뉴타ㅋㅋㅋㅋ
방금 길드 탈퇴하고
나감ㅋㅋㅋㅋㅋㅋ

[길드] neutaaaa: 제가 ... 하셨습니다
[길드] neutaaaa: 그리고 저... 길드 탈퇴해도 될까요?^^
[길드] 따알가: 앗 네....
[길드] 모츠에나: ? 누님 잠깐만요
[길드] neutaaaa: 감사했습니다
<neutaaaa> 님 께서 딸기쨈 길드를 탈퇴하셨습니다

길드 | 잠깐 기다ㅣ

ㅅㅂ 빠른 차임
ㅋㅋㅋㅋㅋ

ㅋㅋㅋㅋㅋㅋㅋ

길탈엔딩 갸웃겨
ㅋㅋㅋㅋㅋㅋ

65

어…

지구별이랑 냥이도
겜 나간다ㅋㅋㅋㅋ

모츠에나 숨소리
떨리는 거 실화냐

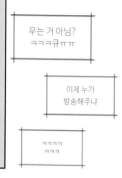

우는 거 아님?
ㅋㅋㅋ큐ㅠㅠ

이제 누가
방송해주냐

ㅋㅋㅋㅋ
ㅋㅋㅋ

시간
딱 맞네.

주문하신 음식을 열심히
포장 중입니다!
음식이 식지 않도록
시간에 맞춰 픽업해주세요.

초밥 가게가
요 앞이니까
받자마자
집으로 가면…

좋아, 10분도
안 걸리겠다.

형!
지갑 두고
가셨어요!

아.

끼익

멈칫

고마워요~

네에~

큰일 날 뻔했네.

현금은 하나도 안 들었지만….

헙.

......

......

......

이웃 주민
된 게
실감 나네.

여기서 또
마주칠 줄이야.

빤...

알바
쉬는 날인가?

움찔

석

석

석

여전히 걸음이 빠르군….

고마워요, 학생

안녕히 가세요~

지이잉...

화

헉!

벌써 어두워졌잖아.

주인님…   ××…

가까운 가게로 예약하길 잘했네.

얼른 가자!

파 닷

멈칫

어…
어떡해….

오늘에야말로(?)
돈 뺏기나 봐….

근데 나 현금
없는데…

가세요.

까딱

네?

먼저
가시라고요.

허…

본인이 먼저 나왔는데
나한테 먼저 가라고
하다니….

친절한데??

겉보기와 다르게
친절한 사람인 듯?

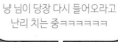

님 나가고 저랑 냥 님
뻘쭘해져서 게임 껐잖아요.

냥 님이 당장 다시 들어오라고
난리 치는 중ㅋㅋㅋㅋㅋㅋㅋ

뉴타 님 왜 저한테
말도 없이 나가요?? ㅠ0ㅠ

아, 급하게
나오느라 인사도
못 했네.

솔플에 너무
익숙해져 있어서
신경을 못 썼네.

다음엔
주의하자.

급한 일 때문에… ㅈㅅㅈㅅ

지금 밖이라서 집 들어가서
다시 접속하려구요.

헐~

나도 지금 밖인데
이거 운명인가? ㅋㅋ 〉ㅅ〈

? ㄴㄴ

단호하네….

71

근데 딸기잼 길드 탈퇴는 왜 이렇게 급하게 했어요?

개들 ㅈㄴ 놀리고 나서 탈퇴시켜 달라고 하려고 했는데….

PVP랑 별개로 길드 탈퇴는 원래 하려고 했어요….

모츠에나가 자꾸 집적대서;;;

ㄷㄷ?

제가 모츠에나 걔 이상한 놈이라고 했잖아요ㅋㅋ

그냥 '이상한 놈' 수준이 아니던데….

이따 집 가서 다시 접속하면 차단도 해야지.

다시 생각해도 어이가 없네….

오싹

그래도 따알기 님한테는 말하고 탈퇴했어요.

글쿤.

아, 저 저녁 뭐 먹을까여?

골라주세여! 돈까스 vs 돈까스

굶으셈.

와… 하루 종일 격투 돌리느라 점심도 못 먹었는데ㅜㅜ

굶으셈.

딸랑

아, 분식집 닫았네.

그냥 라면 사러 가야겠다.

또 만났네.

장 봤나?

괜히 반가워서
아는 척할 뻔….

저벅

저벅

가는 방향
같은 거 보니
카페 쪽으로
가나 보네.

저벅

저벅

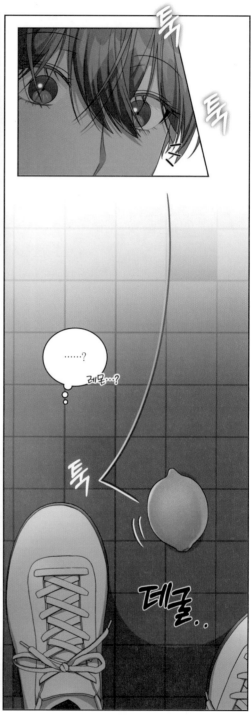

툭

툭

......?

레몬…?

툭

데굴..

......

헨젤과
그레텔…?

특

데굴   데굴

이렇게
대놓고 흘리는데
어떻게 모를 수가
있지…?

주섬…

둘,

넷,

여섯…

으앗…!

아.

이제
알아차렸구나.

아, 저기,
이거…

으아아
아아

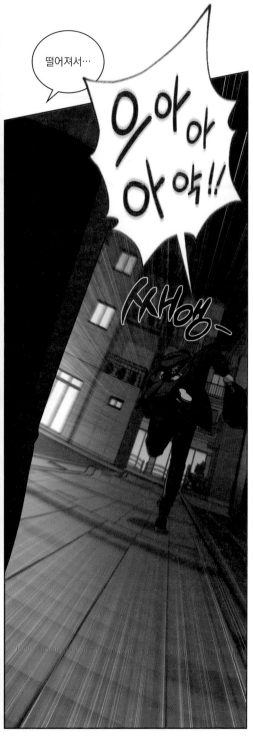

떨어져서…

으아아
아악!!

쌔애앵-

레몬이…

쓱..

힘껏..

OISHII
SUSHI

주춤..

…으,

저기요!

이거 흘리고
가셨어요!

으아악!!!!

?!

카페는
저쪽인데…

설마…

같은 건물
사나?

…저기요!

히익!

같이 가요!

으아아악!!!!!

타다닥

파바바박

스르륵

하아, 하…

탁…

같이 좀
가자니까….

화장실이
급했나…?

어?

이건 어떻게
돌려준다…?

9층엔 분명
두 집밖에…

902호는
내가 사는 곳이니까
자동으로…

어떻게
이런 우연이…

얘들아,
나 왔…

정세형 저기서
뭐 해?

너 기다리다
망부석 됐대.

별 ㅈㄹ을…

자, 이거 받아.

까악~!

우동도 사 왔어?

응. 나 잘했지?

주인님 사랑해요~~

근데 그 레몬은 뭐야?

아, 이거…

옆집에 주고 올게. 먼저 먹어.

그, 그걸?

이사 선물이 아니라 옆집이 흘린 거야.

안녕하세요!

불쑥!

누구세…

흐아악!!!!!

콱!!

아, 잠깐만요!

콰당!!

뭐!

넘어지면서까지 놀랄 일인가?

저번에도 저렇게 넘어지더니….

저, 어…

괜찮으신…

다, 당신 뭐야!

주택 쳐들어옴 죄(?)로 신고할 거야!

복도 CCTV에 다 찍혔어!

'주거침입죄'요?

…그래!

저 아직 안 들어갔어요.

……

88

…그쪽이야?

네?

집에 성적표 보낸 거 그쪽이냐고요!

뜬금없이 웬 성적표?

아닌데요.

아니긴 뭐가 아니야, 하.

제가 그쪽 때문에 엄마한테 ㅈㄴ 혼나고 카드도 디 뺏겼거든요?

제 성적표는 어떻게 구했고 주소는 어떻게 알았어요?

?

무슨 ㅗ릴 하는 거지…?

…무슨 소린지 모르겠어요.

계속 음침하게 따라다니는 주제에 모른 척하네?!

…따라다닌 적 없는데.

아까 피시방에서부터 계속 제 뒤 밟았잖아요.

지금도 집까지 찾아오고!

저…

…뭐,

옆집으로 이사 왔어요.

902호.

그리고 아까
길에서 부른 건,

길에서 레몬을
흘리고 가시길래
가져가시라고
부른 거고요

레, 레몬…?

여기요.

…그,

그럼 전에
카페에 찾아왔던 건
뭐예요?

이 근처 면접을
보러 왔는데
다른 카페들이
나 빈식이디디고요.

그럼 내가
여기 사는 건…

당연히
처음 알았죠.

그것도 방금

그럼
운명이겠어요?

하

…웃기지 마.

이게 다
우연이라고요?

아까
소리 지르면서
도망가신 건…

제가 악의 가지고
따라가는 줄 알아서
그랬던 거예요?

제,
제가 언제.

저 소리
안 질렀거든요?

아
아아아
아
악
아

……

…이만 가세요.
저 게임해야 해서
바쁘거든요.

벌떡

게임이요?

무슨 게임
하시는데요?

저기요.

째릿..

제가
테트리스를 하든
지뢰 찾기를 하든,

아님 ㅆㅂ
미연시를 하든
그쪽이
무슨 상관이세요??

호오…

미연시
하는구나….

물어볼 수도 있죠.

옆집이니까 서로 얼굴 붉히지 말고 잘 지내봐요.

하, 누가…

주인님, 우동 다 불어요!

주인님, 너무 맛있어요!!

그리고 성적표 얘긴 정말 몰라요.

공부 못하시나 봐요?

자, 여기 레몬이요.

저기요….

아,

레몬만 주고 돌아간다는 게 너무 길어졌네.

…여튼,

오해했던 거면 죄송했고요.

앞으로 뒤에서 음침하게 따라오지 마세요.

차라리 아는 척을 하는 게 낫지.

인사는 해도 된다는 건가?

네!

하긴 이웃끼리 인사도 안 하고 지내는 건 좀 그렇지.

그럼 노예분들이랑 좋은 시간 보내세요.

…?

콰앙

노예…?

노예1

노예2

왜 이렇게 늦게 와.

95

꽤 잘생겼던데?

옆집 놈
어땠음?

싸가지
없었지?

옆집 사람?

흐음...

생각보다...

안녕하세요.

제목: 사과드립니다......

제가 오늘 이렇게
진지한 글을 쓰게 된
이유는

여러분께 사과를 드리고
오해를 풀고 싶어서입니다….

꾸벅

저는 아테네 서버
현 랭킹 2위
ㅈi9별입니다.

(방금 내가 2위 제침ㅎㅎ)

item. 윤기 나는 사과

작년 하반기 시즌3 때
다른 나.스 유저들보다
두 배가 넘는 딜량을 뽑아

ㅈi9별

1위

최종순위 ★1위★로 마감을 해
다른 유저분들께
위화감을 조성했습니다.

하지만 억울합니다.
그냥 우연히 크리티컬이
자주 터진 걸 어떻게 합니까.

다른 분들이 너무 약해서
제 상대가 되지 않았던 것
뿐입니다.

그런고로 제 장비들을 소개할까 합니다♥ (작년 하반기 기준)

이거 맞춘다고 무기 백 번은 넘게 깬 듯~

척~

회피율, 이속, 공속 옵션을 붙인 지금과는 다르게

크리티컬 확률, 공증, 방어력 위주로 붙였었습니다.

그땐 육성 공략 글을 참고했기 때문에 딜이 높은 건 당연합니다.

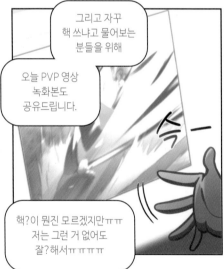

그리고 자꾸 핵 쓰냐고 물어보는 분들을 위해

오늘 PVP 영상 녹화본도 공유드립니다.

슉ㅡ

핵? 이 뭔진 모르겠지만ㅠㅠ 저는 그런 거 없어도 잘? 해서ㅠㅠㅠㅠ

Lv. 225 나이트스피어

징벌의 발톱 15
도발 10
레전드신속 50
이속 70% 중가탑승템
바다정령석
쿨타임옵션 최대
(모든 장비 공속 9 니

쁘덕 쁘덕

영상 속 스킬 사용 순서를 보고도 이해력이 부족해 불쾌하실 분들.

그리고 노안이 오신 분들을 위해 주로 사용한 연속기 루트를 함께 첨부합니다!

이렇게까지 떠먹여주는데 이해 못 하면… 크흠! 아무것도 아닙니다^^

아,
마침 냥 님의 플레이가
나오네요.

갓 발키리로 전직해
플레이 스타일이 아직
손에 익지 않았음에도
불구하고

눈물 젖은 희생정신을
보여주셨습니다ㅜㅜ

참고로 냥 님도
핵?이 뭔지 모른다고
합니다!

?

움찔

물약 쿨타임 해명?
이건 또 뭐야.

…예? 현재 순위도
해명하라고요?

그냥 하루 세 시간 자면서
벼락치기했을 뿐인뎅?

회복 포션

로얄 뽑기

크흠… 로얄뽑기를
부포션으로
채택하고 있습니다~

10% 회복이라
물약 쿨탐 도는 동안
뽑기템으로
체력을 올리는 거예요.

돈질이라
보통은 잘 안 하죠
^^;

헉~

왜 맨날 격투만
돌리냐고 물어보시는
부득도 계시네요.

레벨 만렙 찍고
템 부옵 나 맞추고
스킬 레전드 작업까지
다 하고 나면

짜잔~ 격투 말고
할 게 없죠?

노력하겠습니다! ><

665개의 댓글이 등록되었습니다.

(익명)
이새끼 또라이 아냐??????????????

(익명)
ㅆㅂ 낚시글이었음 진짜 사과문인줄

(익명)
조회수 왜이래ㅋㅋㅋㅋㅋㅋ 제목 어그로 오지네

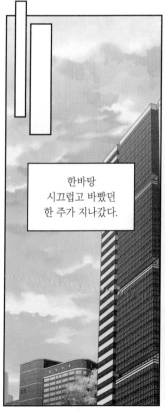

한바탕
시끄럽고 바빴던
한 주가 지나갔다.

이삿짐 정리도
마무리되었고

회사에도
적응 중이다.

격투 콘텐츠에 열중하느라
답장도 못 하던 지구별도
평소처럼 돌아왔고,

달라진 거라곤
내 캐릭터 머리 위에 있던
길드 표시가 사라졌다는 것
정도일까.

엣취!

페인트 냄새 환기한다고
하루 종일 창문을
열어뒀더니 몸이
으슬으슬하네….

감긴가…?

여운 씨, 괜찮아?
아까 점심도
깨작거리더니.

아, 네!

퇴근하고 집에서
푹 쉬면 금방
나을 거예요.

106

영양제도
챙겨 먹고
그래~

요즘 젊은 애들은
건강 소중한 줄을
몰라, 하여튼~

아, 그렇죠.
넵ㅋㅋ

따로 운동은
안 하고?

아, 망했다.
이야기
길어지겠네.

운동이요?
요새는 딱히…

'요새'?
전에는 뭐 했어?

취미로
복싱을 좀…

4개월
정도지만…

복싱 좋지~

난 요새
다시
헬스 하는데~

블라블라

와… 진짜요.
와… 대박.

그러고
보니…

요새
운동을 안 했더니
체력이 좀 약해진 것
같기도 하고…

건강이 최고야.
난 요즘
한약 마시는데~

헐,
한약이요….
넵넵.

운동이라~

그래서 요즘
술도 못 마시고~

아, 진짜요.

그러고 보니
아직 환영회도
안 했네~

넵넵.

뭐 하나 다시
시작해볼까?

몸 상태가
영…

으슬으슬하네….

문화 체육 센터

수영장 회원 모집
여름방학 기념 SALE

신규회원
최대 **30%** 할인

기간   6월 한달간
문의   02-000-0000

초급반 / 중급반 / 고급반

응?

......

수영장?

집이랑 회사
사이에 있네…
괜찮은데?

따악

엣취!

저벅…

끙, 일단
운동은 나중에
생각하자.

오늘은 게임도
짧게 하고
꺼야겠어.

로그인합니다…

'냥이냥나냥' 님께서
파티에 초대하셨습니다.
수락하시겠습니까?

쇽

뭐지??

수락

접속하자마자
납치?

'neutaaaa' 님께서
파티에
참가하셨습니다.

왔다!
여기요~

안녕하세요^^

하이하이~

흐ㅇ

...응?

지구별 님은요?

와~ ㅋㅋㅋ
오자마자 애인부터
찾는 거?

스프링 이벤트
끝나면
헤어진다면서요?

그거 곧
끝나는데
님들 머임
ㅋㅋㅋㅋ

이벤트가
끝나면,

저랑
헤어져주세요.

아 맞다,
시한부였지
ㅋㅋㅋ

그러고 보니
까먹고 있었네.

뭐, 약속은
약속이니까....

겜에
NPC가 없으니까
이상해서요....

타다다

탁

111

아, 근데 뉴타 님!

저희 길드 들어오셔도 정말 괜찮으신가요?

??

이게 갑자기 무슨 소리?

제가 길드에 들어가다뇨?

PVP 내기 말이에요.

괜찮냐고 물어보려고 했는데 타이밍이 계속 엇갈리지 뭐예요.

내기?

폼!

암튼 PVP 제가 이기면 딸기잼 쪽에 뭐 하나 요구하려고 하는데요.

어찌 보면 님 때문에 시비 붙은 거니까 제 맘대로 해도 되져?

…이걸 나 때문이라고 대놓고 말하네.

어이없어…

…잠깐, 근데 그게 나랑 무슨 상관이…?

아… 그건가.

…아.

혹시…

딸기잼 길드가 PVP에서 지면 제가 포세이돈 길드에 가입하기로 했나요…?

끔뻑…

…아예 모르셨구나….

뭐야, 지구별 맘대로 한다고 한 게 이거였어?

뉴타 님 예상이 맞습니다….

후..

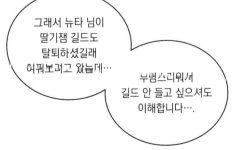

그래서 뉴타 님이 딸기잼 길드도 탈퇴하셨길래 어쩌보려고 있늘데…

부끔스리워서 길드 안 들고 싶으셔도 이해합니다….

안 돼!! 뉴 님 무조건 저희 길드 들어야 해요.

제발~!

부길마님도 애타게 기다리고 있단 말이에요!

아니, 할로윈까지 걔는 그냥 재밌어서 그런 거고…

두 분 헤어지고 나서 좀 껄끄러울 수도 있으니까, 강요는 안 할게요.

ㅋㅋㅋ 아 길마님, 과몰입 ㄴㄴ~~

누가 보면 진짜 사귀는 줄~

…이런 섬세한 부분까지 걱정해주다니!

저 길드에서 정상인은 포세이돈대장 뿐이야!

쩌엉~

아니,

이제 나까지 들어가면 두 명인가?

……

아.

나는 120레벨에
면접 보고 지구별한테
싸불당했는데…

어째서…?

뿌들
뿌들

아, 그, 그게!

(다급)

냥 님이
들어오셨을 때는
레벨 컷이
없었는데요!

작년 겨울부터
길드에 어그로가
유입되면서 레벨 제한이
생긴 거라…!

아,
그랬군요.

(급 진정)

휴…

전에 얘기
들었어요.

길드에 들어와서
분탕질을 하던
애들이 있었다고.

들으셨군요…
ㅋㅋ…

옆친 데 덮친 격으로
지구별 님은 그때
현실에서 스토커까지 붙어서
고생 좀 했었죠….

116

스토커?!

그놈들이 저희가 길드 톡방에 올렸던 사진을 보고 신상을 캐내려고 했던 적도 있어서,

더 예민하게 군 것도 있었어요.

전에 말했던 이야기가 본인이었나?

스토커 얘긴 처음 듣는데…

…그래도 역시 이런 얘기는 본인한테서 듣는 게 맞겠지.

아, 그러고 보니 지구별 님은 오늘 왜 안 들어오세요?

곧 오실 것 같은데, 왜여?

막 안 보면 미쳐겠어요?

난 역시 이 이별 반대야

전 찬성하는데

……

아, 지구별 님은 오늘부터 수영장 다시 다닌다더라고요.

수영장이요…?

의외다.

매일 처박혀서 게임만 하는 사람인 줄 알았는데…

파바바박~

제법 활동적인 타입이었나…?

어울리는 것 같기도…

…수영이라.

흠~

아, 그러고 보니

아까 본 전단지, 위치도 괜찮고 마침 할인도 하던데…

수영
여름방학 기간 시작된

신규회원
최대 30% 할인

기간   6월 한달간
문의   02-000-0000

나도 이참에
수영이나 배워볼까?

119

[30분 출석 보상이 지급되었습니다.]

아,

저 오늘
감기 때문에 몸이
좀 안 좋아서…

먼저
들어가볼게요!

헉…

ㅠㅠ

회사 때문에 그런 듯.
회사가 잘못했네.

푹 쉬세요!

아, 그리고.

길드.

앞으로
잘 부탁드려요!

델 뻔…

…놀라라.

왜 저렇게 맨날 문을 세게 닫는 거야?

어제도 잠깐 복도에서 마주쳤을 때 화들짝 놀라더니.

사람이 무슨 병균 덩어리도 아니고.

콜록

훌쩍…

…병균 덩어리 맞네.

풍!

감기 얼른 낳으세요ㅠ!

홀블루
지구 : 감기 얼른 낳

낳긴 뭘 낳아?

낳으세요 X 나으세요 O

이제 막 게임 접속했나 보네.

지구

오타거든요;

오후 8:10

오타는 무슨…

으슬

아, 진짜 얼른 운동 시작해서 체력을 키우든가 해야지.

내일 등록부터 미리 해버려야겠어.

문화체육센터

감기 걸리셨으면
수영은 아직
안 되는 거 아시죠?

넵….

그 시간 초급반에
남자 회원은
이여운 씨밖에
없을 거예요.

초급반 | 중급반 |

오후 6시 | 오후 7시 | 오후

여성 회원분들이
더 많이 계시다 보니
부담스럽다고 그만두시는
분들도 계셔서…

기초만 되어 있으면
중급반으로 등록하셔도
됩니다!

전 물에
안 뜨는데…

그래도
괜찮나요?

저어…

…사람은 다 물에 뜹니다.

끄덕

난 진짜 안 뜨는데….

개헤엄도 못 쳐서 혼자 튜브를 끼고 놀러 다녔었지.

덕분에 놀림도 많이 받았고….

옆집 사람이네.

수—

어?

탁

탁

저 사람도
수영 다니나?

이 시간에
남자 회원은 저밖에
없다고 하지
않았어요?

탈탈

아…
초급반만요.

저 회원님은
마스터반
이세요.

그렇구나….

…뭐,
좋은 일이라도
있었나?

…웃는 모습
처음 보는 듯…

헤실~

헤실~

아.

멈
칫

이전에
아는 척이라도
하라고 했으니,

인사 정돈
괜찮겠지?

실룩..

흔들

저벅
저벅
처벅

쌩~

……

…사람
민망하게.

여기
카드 받으시고요.
감기 나으시면
바로 나오세요.

네.

지잉~

탓
탓

…빠르다.

기왕
자주 마주치는 거
대화나 더 해보고
싶었는데.

뭐가 그리
경계심이
많은 건지.

가까워서
걸어가도 되지만,

받은 마카롱
녹을 수도
있으니까.

감기 빨리 나아~!

by.김대리

몇 시에 와여?
오늘 저랑 이벤트 던전
같이 돌아주세요 〉〈

8:05

훌불루
지구 : 몇시

아, 지구별.

131

나스 스킬 이속이랑 쿨타임 하향 먹어서
장비 새로 맞춰야 됨ㅠㅠ

저 안 불쌍해요? ㅠㅠㅠㅠ

ㅠㅠ 제발!! 지구 소원!!

?

물음표는
뭐지…?

.........ㅏㅑㅑ

ㅁㅁㄴㅁㅋㅁㄴㄴㅁ

ㅗㅗㅗㅗㅗㅗㅗㅗㅗㅗㅗㅗㅗㅗㅎㅗㅗㅗ

ㅗㅗㅗㅗㅗㅗㅗㅗㅗㅗㅗㅗㅗㅗㅗ

뭐야,
왜 이래?

나스 하향
때문에
많이 빡쳤나;

ㄷㄷ 알았어요.
같이 돌게요, 진정해.

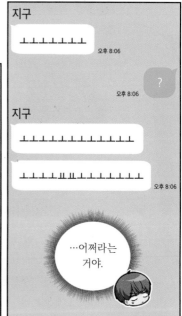

지구

ㅗㅗㅗㅗㅗㅗ

오후 8:06

오후 8:06

?

지구

ㅗㅗㅗㅗㅗㅗㅗㅗㅗㅗㅗㅗ

오후 8:06

ㅗㅗㅗㅗㅗㅗㅍㅍㅗㅗㅗㅗㅗㅗ

오후 8:06

…어쩌라는
거야.

헉
땅
헉

스르륵
슥…

후우…

스윽

안녕하세요~

흐아악!!!

캉!

어이쿠.

어… 어떻게…?

마을버스 타면 금방 오던데요. 10번 타면 바로 앞에서 내려줘요

아니, 그것보다 왜 자꾸 따라다녀요!!

따라온 게 아니라, 옆집이니까 어쩔 수 없잖아요…?

…하, 참나.

요즘 카페는 왜 안 나가세요? 관뒀어요?

말 걸지 마요.

…저번엔 인사해도 된다면서요.

내가 언제요?

차라리 아는 척을 하는 게 낫지.

이때요….

…제가 불편하세요?

네. ㅍ_ㅍ

예? 왜요…?

억울하네, 내가 뭘 했다고!

딱히 좋아할 만한 이유가 없어서요.

됐어요?

...이사 떡이라도
돌렸어야 했어.

친하게 지내고
싶었는데.

단거
좋아하세요?

…예?

마카롱인데
맛집에서
산 거예요.

딸기 맛.

(나 말고 김 대리가…)

부스럭..

앞으로 종종
마주칠 건데
사이좋게 지내면
좋잖아요.

너무 대놓고
피하시니까….

내…
내가 언제!

그리고,

좋아할 만한
이유가 없으면
만들면 되죠.

902

안 그래요?

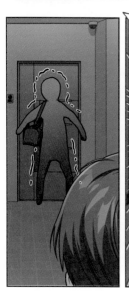

쿠흥

킥

킥

옆집 애
진짜 이상해.

저
고민이 있어요.

옆집에…

변태 새끼가
사는 것 같아여….

!!!!!

아, 하여튼
그래가지고…

옆집 사람…
내가 준 마카롱은
먹었으려나….

아니, 들은 척이라도
좀 해주시죠?!?!

변태인 건 어떻게
알았는데요?
변태냐고 물어봤음??

그럼
어케 아셨는데요.

……

아냐~ 냥 님아,
내가 그걸 대놓고
물어봤겠음?

일단 냥 님
나가봐요.

엥?? 아니, 왜
저 왕따시켜요?!?!

'냥이냥나냥' 님께서
파티를 탈퇴하셨습니다.

대체 뭔 얘길
하려고 냥 님까지
내쫓고ㅋㅋㅋㅋ

채집이나
하자~

미성년자한테
말하긴 좀
그래서….

아, ㅇㅋ

142

속닥...

결론부터 말하자면…

저 오늘 옆집 사람한테 **고백**받았어요….

……

냥 념은 왜 내쫓은 거?

아니!! 이야기를 자세히 들어보라니까?!

전에 옆집 사람 변태 같다고 했잖아여….

옆집 사람을 **주인님**이라고 부르는 사람들이 있어요.

노예가 둘이나 있다고요.

헉…

직접 봤어요???

그건 아닌데, 현관문을 열어놔서 직접 들음….

그흑…

청불 맞네….

심지어 문 열어놓고 그 짓을…

143

옆집에서 세 명이
그렇고 그런… 플레이를
현관문 열어놓고
했단 말이야?

와, 진짜…

심각...

사실 저보고
거기에 껴서
같이 하자고(?)
한 것도 아니고,

옆집에 변태가
사는 거 자체는
알 바 아니거든요?

내 옆집엔
그런 사람 안 살아서
다행이다….

근데 문제는
그 사람이 전부터 계속
절 지켜보고 있어요.

오늘도 잠깐
밖에서 볼일 보고
나오는데

그 새끼1가 밖에서
저 나오기를
기다리고 있는 거예요;

소름 돋지 않나요?
제가 어디 가는 줄
어떻게 알고?

기다렸어, 지구본…

음침...

헉… 소름…

스토커인가 봐;

혹시 그 사람이 고백하면서 뭐라고 하던가요?

뭐라너라? 대충…

자기를 좋아하게 만들겠다고….

어어…

미친놈…

별 희한한 사람이 다 있네ㅋㅋㅋㅋㅋ

그러니까 옆집 사람이 '그런 취향'을 가진 사람인데

현관문을 열어놓고 플레이를 즐기다가 지구별에게 그 사실을 들켰고,

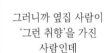

그리고 그를 스토킹하나 오늘 마침내 고백까지 했다고…?

움칫

어…?

이거,

설마…?!

지구별 님을
노예3으로 만들
작정인가…?

애완지구별♥

──

변태는
격렬하게 반응하면
더 흥분한대요.

인사도 씹어보고
도망도 쳐봤는데
택도 없어요——

자꾸 도망치니까
변태도 더
신난 거 아님?
ㅋㅋ

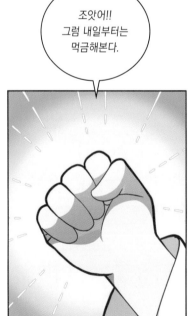

조앗어!!
그럼 내일부터는
먹금해본다.

저러다 어느 날
저 주인님이랑
결혼해요~
하면 웃기겠다.

애완지구별♥

설마요
ㅋㅋㅋㅋ

──

주인님~

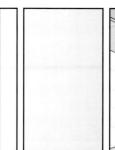

수영 첫날

맡뚱 맡뚱

안녕~

오빠는 왜
여기 있어요?
어린이도 아닌데….

여긴 어린이들만
들어오는 곳인데!

*어린이 풀

우리 누나는
초등학교 6학년에
중급반인데?!

물에 안 떠서
연습해야 하는 어른도
있단다….

와아
와아
승…

이상하네-

어룬이-

촤악

…와.

……

착각인가?

오늘
수영 시간 내내

화…화보…?

물방울이
슬로우 모션으로
보일 지경…

이쪽을
쳐다본 듯한…

148

뭐,
잠깐이긴 했지만…

맨날 밖에서 보다
수영장 안에서 마주치는 건
오늘이 처음이니까

신기해서
그런 걸지도.

혹시 저한테
하실 말이라도
있으세요?

오?

역시 그랬구나.

수영도 잘하던데, 운동을 오래 했나?

후줄근한 옷을 입어도 옷 태가 산다 했더니

이렇게 보니 어깨가 상당히 넓구나?

—

저기…

풍

덩

쨰랑…

부글ㄹㄹ

……

아까부터 열심히 째려보더니 내가 말 거니까 경계하는 거야??

음… 몇 살이에요?

방긋

?!

얭째!

네?

스물셋이라구요.

만지작…

아, 아니… 갑자기 이렇게 나이를 물어도 되는 거예요?

그럼 언제 물으면 돼요?

……

신경 끄시죠!

후후 …라고 하려나?

중얼…… …이요.

뭐지?
웬일로 이렇게
순순히 대답을…?

그쪽은요?

음, 그쪽보다
네 살 더 많아요.

하.

완전 늙었네.

늦었나? 뭐…
스물세 살이 보기엔
그렇게 느껴질 만도.

그런데
수영 시간 끝났는데,
씻으러 안 가요?

?!

제가 그쪽이랑
왜 같이 씻어요?!

네?
같이 씻자고
한 적은 없는데….

으…!

지…

진짜
웃기고 있어!

…?

풍!

저 쪼금 늦어요.
먼저 돌고 있으셈;;

? ○○

흠…
그나저나…

스물셋이라구요.

옆집 남자,
보면 볼수록 나쁜 사람은
아닌 것 같아.

다다음날

안녕하세요.

아까 로커에서 마주쳤을 땐 옷 갈아입다 말고 도망치더니…

지금은 도망 안 치는 걸 보니 엄청 기분파인가 보네.

저 총각은 날도 더운데 왜 전신수영복을 입었대?

어! 저번에 그 어른이다!

지가 강사여?

추운갑지~

어, 저번에 그 어린이들이잖아~

154

형, 형!

저 개헤엄 치는 거 보실래요??

그래, 그래.

덥벙

휘익

저기요!

준비운동도 안 하고 물에 들어가면 사고 나거든요?

혼난다~

…어린이 풀장인데요?

얕아도 갑자기 물에 들어가면 몸이 놀라거든요.

이런 기본적인 것도 모르나, 진짜.

걱정해주셔서 고마워요.

…걱정하긴 누가…!!

어!!!

꼬추 큰 형이다!!

아,

나도 모르게

시선이…

뭐…

뭘 봐요…!

…뭐,

뭘 봐요…!

아직 안 봤는데…

아직?!

참나, 보고 싶긴 한가 보죠?!

싸운당

맏깡

예? 보여주시게요?

머리에 총 맞은 것도 아니고 제가 왜요!!!

…총?

……

…씨브, 진짜 말을 말아야지.

저기…

말 걸지 마요!

흐흐 녀석 참

오, 회원님.
고급반 회원님이랑
아는 사이예요?

옆집
살아서요.

와, 세상
진짜 좁네요.

그쵸?

그러게,
생각해보면 세상이
참 좁기는 하다.

가는 곳마다
마주치다니….

음 - 파 -
음 - 파 -

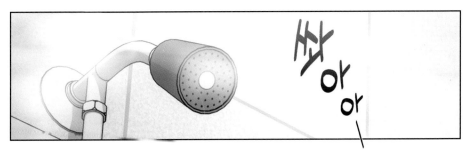

아, 거참
유난은.

오늘이야말로
이름을 물어보려고
했었는데…

누가 보면
자기한테만 달린 줄
알겠네.

살짝 궁금하긴 했음.

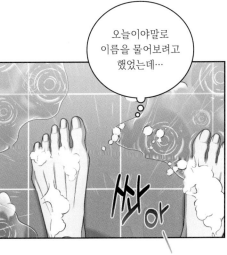

그래도 이름 정도는
물어보면 알려주지
않을까…?

안 봐,
안 본다고!

저래서야…
오늘 물어보긴
글렀네.

포세이돈

'neutaaaa' 님께서
〈포세이돈〉 길드에
가입하셨습니다!

포세이돈

'포세이돈대장' 님이
집결을 사용하셨습니다.

길드 룸으로
진입합니다…

아니,
일부러 가렸는데도
자꾸 노골적으로
훑어보더라니까요;;

스토커
맞네~

소름, 그럼
진짜 스토커였어요?

애완지구별
건강검진당했네
ㅋㅋㅋㅋ

ㅡㅡ;ㅗ

ㅋㅋㅋ
건강검진
ㅋㅋㅋ

여러분들!
새로 들어오신 길드원
오셨습니다!

환영해주세요~

헉, 뉴 님
드디어 왔다!!!!

인녕하세요

뉴 님 하이~

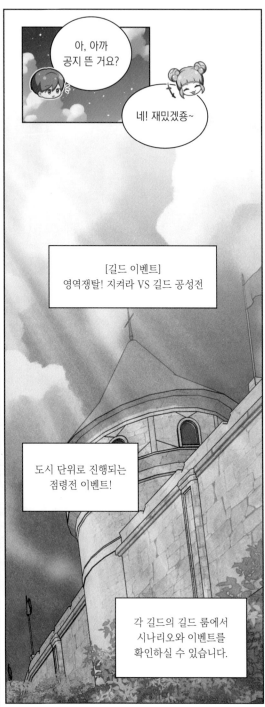

이런 대형 이벤트는
1년에 한두 번만
하거든요.

타이밍 진짜
잘 맞추신 거예요!

그렇구나….

이전에 있던 길드는
유령 길드였고,

길드 채널

훵

길드 Lv.1〈ㅁㄴㅇㅇㄹ〉길드
전직 필요하신 분들 가입하세요.

직전에 있던 길드는
오래 있진 않았으니까…

공식
길드 이벤트는
처음이네….

좀 떨린다.

꿀꺽

뉴 님~
뉴 님~

길드 룸에서
양배추
뽑아 가세요!

저흰
이벤트 퀘스트
다 깨서 뉴 님만
깨면 됨!

타 타

아… 네!

포세이돈
최초 커플 탄생이
남남커플이라니ㅋㅋ

ㅋㅋㅋ 커플이라고
자기 남친
챙기는 거 봐.

이욜~

그럼 뭐 함,
시한부인데ㅋㅋ

…?

이벤트 퀘 하라고
언질 한번 준 게
많이 챙겨주는 건가…?

옳지,
잘한다~

뿍!

아이고오,
내가 키운 양배추
뉴 넘이 다 뜯어가네~

남아도는 거
가지고
생색ㅋㅋ

어, 내가 너무 염치없었나?

길드 룰을 잘 몰라서 그만.

감정표현: 허리 숙여 인사

억ㅋㅋㅋㅋ ㅋㅋㅋㅋㅋㅋ ㅋㅋㅋㅋ

아, 뉴 님ㅋㅋㅋ 장난도 못 치겠어 ㅋㅋㅋ

아, 그런 거야?

네, 그러니까 뽑기 쟁여두실 분 오늘 안에 사세요!

헐, 까먹고 있었는데 감사요, 길마님;

벌써 날짜가 그렇게 지났나?

시간 참 빠르네.

이벤트가 끝나면,

저랑 헤어져주세요.

그때만 해도 이벤트 언제 지나나 싶었는데.

뭐… 시작하자마자 50렙을 찍었다고?

─험한 말─

저 지금은 120렙인데요?

생각해보면,

처음에 그렇게 안 좋게 엮인 지구별이랑 같은 길드가 된 것도 신기한 일이긴 하지.

지구별도
같이 지내면서 보니

그렇게 나쁜 녀석은
아니긴 했지만…

……

뭐
그건 그거고,
약속은
약속이니까.

커플 '지9별' 님과의 관계는
'Lv.3 알아가는 단계'입니다.

이별 시 애정 지수가 소멸되며,
커플 전용 버프를
사용할 수 없게 됩니다.

커플과 정말 헤어지시겠습니까?

수락 / 거절

지구별 님, 귓속말 그만 걸어주세요~ 귀 아픔;;

ㅋ

다음 뉴스입니다~

'뉴 님한테 차인 지구별, 귓속말로 붙잡아…'

#재회물 #후회남 #BL

ㅋㅋㅋㅋㅋ

ㅋㅋㅋ

…다신 님한테 귓속말 안 해요!!

그걸 귓속말로 전하네….

옆집 변태도 뉴 님만큼 칼같으면 좋았을 텐데~

변태라니요? 주인님한테ㄷㄷ

ㅗ

글고 보니 주인님 두고 지금 뉴 님이랑 바람피우는 거? 헐~

#삼각관계

아 쯤——

그새 옆집 사람이랑 또 무슨 일 있었나?

근데 그 옆집 변태 말인데요,

전에 지구별 님 SNS 털었다는 스토커랑 같은 사람이에요?

저번엔 그냥 가볍게 넘겼지만,

이거 생각보다 심각한 일 같은데…?

음, 그건 저도 몰라요.

아직 저한테 무슨 짓을 한 건 아니라서 증거가 없거든요.

여튼 아직은 지켜보는 중이긴 하거든요.

그래도 지구별 님 작년에 그 일 때문에 이사까지 하셨다면서요?

○○ 그렇긴 한데 이사 갈 때까지 스토커 얼굴을 몰랐어서…

헉, 이사까지…?

ㅋㅋㅋㅋ

아 근데
지금 자게에
어떤 애가…

진짜요.

지구별 님.

저기…

먼데여??

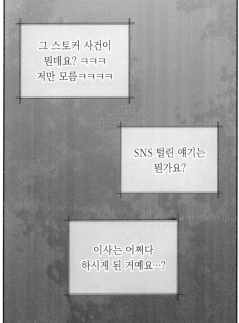

그 스토커 사건이
뭔데요? ㅋㅋㅋ
저만 모름ㅋㅋㅋㅋ

SNS 털린 얘기는
뭔가요?

이사는 어쩌다
하시게 된 거예요…?

backsp

하여튼
걱정을 해줘도…

……

아니,
이제는 안다.

고맙다고 말하며
진지한 상황으로
끌고 가는 게
민망한 거겠지.

거스름돈은
모두 가지시오~

네?!

그때도
그랬고.

저렇게
장난스럽게 말하지만
나름대로
고마워하는 걸 거야.

…그 일로 이사까지
했다니까 웃어도 되는지
허락이나 받으려구요.

나 걱정한 거
맞네ㅋㅋ

걱정했으면
어쩔 건데요?

ㅋㅋㅋㅋㅋㅋㅋ

타
딱···
타
딱···

8:10

반짝

홀블루
1개의

…응?

음성… 채널?

음성채널

🔊 ON ● 지구

지구: 님도 들어오세요!

…?

뜬금없이
무슨 일이지…?

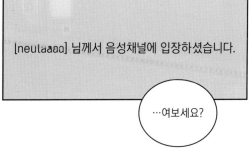

[neulaaaa] 님께서 음성채널에 입장하셨습니다.

…여보세요?

부스럭…

…네, 들려요.

…와.

깜짝이야.

듣기 좋게 가라앉은
이 목소리가,

정말 이(↑) 캐릭터랑
동일 인물이라고?

뭐야, 왜 말이 없어요?
이제 와서 낯가리려요?

아, 아뇨.
그냥 좀
당황해서…

ㅋㅋㅋ
낯가리는 거
맞네~

그런데 갑자기
음성채팅은
왜 해요?

말로 하는 게
더 빠르잖아요~

그리고 뉴 님이
저한테 궁금한 게
많으신 것 같은

아, 넵.

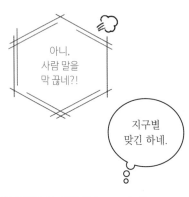

아니,
사람 말을
막 끊네?!

지구별
맞긴 하네.

피식

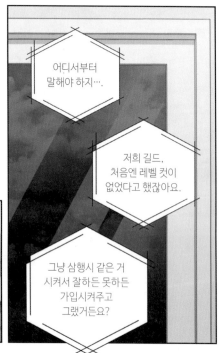

어디서부터
말해야 하지….

저희 길드,
처음엔 레벨 컷이
없었다고 했잖아요.

그냥 삼행시 같은 거
시켜서 잘하든 못하든
가입시켜주고
그랬거든요?

냥 님도 저한테 **지**X하네 **구**절초 **별**걸 다 시켜 했는데도 합격했단 말이에요.

괜찮하긴 한데;;

도발적이네.

냥 님답군….

근데 작년 겨울부터 길드에 이상한 사람들이 들어오기 시작하는 거예요.

이전에 얘기했죠? 시비 걸고 다니면서 핵 얘기로 도배한다고.

아, 네. 그건 들었죠.

걔네가 분탕 친 거랑 핵 루머까지 타이밍이 겹쳐버리는 바람에.

저희 길드가 어딜 가도 욕을 먹게 됐었거든요.

그런데 그즈음부터 제 SNS가 털리고, 집에 이상한 우편물이 오기 시작하더라고요.

…?!

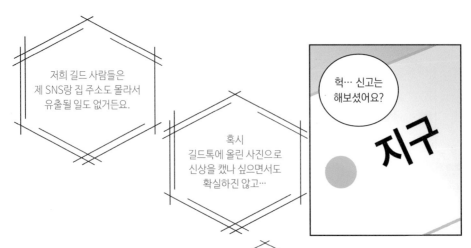

저희 길드 사람들은
제 SNS랑 집 주소도 몰라서
유출될 일도 없거든요.

혹시
길드톡에 올린 사진으로
신상을 캤나 싶으면서도
확실하진 않고…

헉… 신고는
해보셨어요?

지구

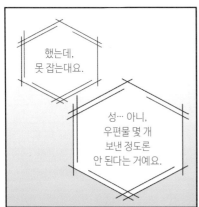

했는데,
못 잡는대요.

성… 아니,
우편물 몇 개
보낸 정도론
안 된다는 거예요.

전 그것 때문에
엄마한테 죽을 뻔
했는데…

응? 무슨
우편물이었는데요?

큼…

…있어요,
이상한 거.

말하기
싫은가 봐…

그럼…
그 일 때문에
이사하게
된 거예요?

아,
물론 그 일도
있긴 했는데…

첫째 형이랑 싸워서
집 나오려고 하긴 했어서,
겸사겸사?

그러니까
이 사건은 그렇게
걱정 안 해주셔도
돼요!

그렇구나…

그럼
다행이고요.

188

189

알잖아요, 자게에서 저희 길드 평판 쓰레기인 거.

그야…

과금 컷을 두어 사람을 차별한다,

길드에 이미 파벌이 형성되어 신입을 왕따시킨다,

길드 마스터가 전과 9범이다,

일루전과 결탁 관계가 있는 길드다….

하나같이 말도 안 되는 소문이지.

…스브, 네가 하루 종일 집요하게 따라다녔잖아!

성큼

성큼

성큼

……

그런 사람들 같아 보이지는 않았어요.

??

ㅁ1친.

어?

헐.

……

…미친?

그거 저한테 하는 소리예요?

…님,

진짜 저 좋아하기라도 해요?

예? 제가 미쳤어요?

아니, 근데 왜…

커플 전용 버프 없어지니까 이속도 느려지고 적응이 안 돼서 그래요;

저 남자 개 싫어해서 게이… 뭐 그런 거 절대 아니거든요??

그냥 진짜로 버프 아까워서 그런 거라고요!

ㄱㅋ

전 전

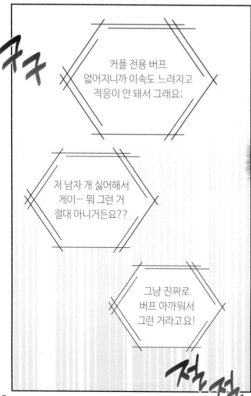

…

아니면 아닌 거지, 변명은…

그럼 다른 사람이랑 해도 되잖아요.

아니, 그냥 익숙한 사람끼리 하는 게 낫지 않나… 싶어서…

또다시 속보입니다~!

'아까 헤어진 커플, 재결성하나?!'

길드원들이 팝콘을 뜯었다는 소식인데요~

어떻게 생각하시나요?

#구질구질남
#후회남
#재회물

제 점수는요…

ㄲ옹…

ㅋㅋ㉦ㅋㅋ

푸하항

ㅋㅋㅋㅋㅋ

거절하면 어떻게 되나요….

저 반지 많은데요? 전에 많이 사 뒀는데 오늘 다 써도 상관없긴 해요^^

……

…교제,

받아주면 뭐 해주실 건데요?

음…

10억 드릴게요.

더.

197

5천 원입니다.

우산
챙길걸….

편의점 우산
(특: 집에 세 개 더 있음.)

여전히 뭐가
그렇게
급한 건지….

머리 제대로
안 말리면
감기 들어요.

관심 꺼요.

오늘
일기예보에선
비 내린단 말
없었는데…

꾸욱

타
앙
!

성깔하고는…

부스럭

그래도 우산은
가져왔네?

뚝 뚝

미친!!!!

......

수영장 입구

......

…큽!

웃참 실패

201

크흠…!

…저기,

같이
쓰고 갈래요?

…허!

그냥,
가는 방향
같잖아요.

새로 사는 거
돈 아깝지 않아요?
이거 오천 원이나
하는데.

이건 또
무슨
수작이야.

괜찮…

됐으니까.

자, 가요.

어, 어?!

저기요!

빨리 걸어요.

놔요! 제가 걸을 테니까;

...우산 주세요.

아니…
가진다는 게
아니라…

제가
든다고요.

예?

가,
갑자기 왜요?
이거 제 건데??

아…

아하하

끼륵-

찰박…

찰박

찰박

찰박

말은 그렇게 해도
행동은 친절한 것 같다니까.

가방도 바꿔 메주고

저기, 저번에
23살이랬죠?

그걸 또
기억하네.

대학생이에요?

204

알아서 뭐 하게요.

나이만 보고 그런 편견 있는 질문 하는 거 아니에요.

제가 대학 안 갔으면 어쩌려고?

째릿

아···

백수··· 시구나···.

죄송해요···

빠져···

···대학생이거든요!

짜식, 그냥 알려주면 되는 걸 어렵게 말하네.

뒤적···

?!

쏴

205

또, 또 뭐예요?!

사탕이요.

내가 빌려준 우산이긴 하지만,

…이런 배려는 고마우니까.

…저기요.

저번에 마카롱도 그렇고…

왜 자꾸 멋대로 먹을 거 주는 거예요?

설마…

이, 이삿날에 그쪽 집에 데려온 사람들처럼 저를…?

주인님~♡

주인님~♡

뽕

뽕

뽕

응? 갑자기 친구들…

아, 설마…

와아~

반찬 나눠 먹어요~!

친해지고 싶냐는 뜻인가?

끄덕!

이웃인데 친해지면 좋지!

......

......

…그리고 보니
지금 대학생들은
기말 기간 아니에요?

그래도 아까까진
멀쩡하게
대화한 것 같은데…

다시 **신경 꺼요**
로봇으로 돌아갔네.

몰라요.
말 걸지 마요.

삐, 삐리릭
신경 꺼요.
삑—

…?

뭐지?

뭐, 원래
이런 사람이었지만.

그,

…여기서
잠시만
기다려요.

…?

타

타

집 다 왔는데
어딜…

아.

알바 있나 보네.

…?
뭔 상황이지?

딸랑...

첨어

받아요.

…이게 뭐예요?

레몬 마들렌이요.

우와…

제가 만든 건 아니니까 그렇게 보지 마요

알바생이 이런 거 맘대로 줘도 돼요?

저 알바생 아니거든요?

여기 엄마 가게예요.

카드 뺏겨서 억지로….

근데…

착각하진 마세요. 그쪽 좋아서 주는 건 아니니까.

오오…!

커피도 공짜로 마시겠다!

아까 그분이 어머니셨구나.

어쩐지….

쩌릿

알아요.
고맙다고 주신
거잖아요.

우산 씌워준
보답 아니에요?

그…!

맞, 맞아요…
우산… 고… 고맙…

우물

쭈물

고맙다고
빌 하는 게
뭐가 그리
어려운지.

풋풋해서
귀엽다. 귀여워~

살 먹을게요.

215

제, 제 이름을 어떻게…?!

설마 집 우편함이라도 몰래 본 건…!

…또 시작이네.

윤지구 씨.

…?!

명찰이요.

윤지구

이, 이거 제 이름 아니에요!

윤지구! 빨리 들어와!

아, 엄마!!!

아니, 그렇게 크게 부르면 어떡해;;;

뭐!

따딸랑

지구?

특이하고
예쁜 이름이다.

네!
주중엔 시간 안 맞는
분들도 계셔서
거점전은 건너뛰기로
했어요.

뭐, 결국 이기면
도시 하위에 있는
거점들까지
먹는 거니까~

그럼 저희는
점령전만 해요?

그건 좋은데…

왜 하필이면 이시스 맵이냐고요!

아이고~ 상위 랭커 다 만나게 생겼네~

월드맵에 도시가 열댓 갠데! 왜 하필!!

너무 빡세다ㅠㅠ

에반디.

…뭔지 모르지만 큰일인가 봐요?

…네, 뭐….

요약하자면 이렇다!

주말: 도시 하나를 두고 길드 단위로 다투는 **점령전**

평일: 작은 사냥맵 안에서 거점을 두고 다투는 **거점전**

〈포세이돈〉 길드는 **점령전**을 선택,

맵상의 도시 하나를 결정했는데 그게…

하필이면 맵에서 제일 큰 이시스라니….

*〈서저리〉 길드도 이시스 신청 넣었다는데, 어케 이겨요;;;

〈서저리〉 길드도 단체전은 약할 거예요.

작년에 길드전에서 활약하던 사람들 다 내분을 일으키고 나갔다고 하더라고요.

그러니까 자신감을 가지세요, 여러분!

잘ㅎㅎ

*일루전의 랭커 몰빵 길드

〈서저리〉 길드에서 나간 애들이 다 〈선율〉 길드로 옮겼다더라고요.

문제는 그 〈선율〉 길드도 이시스에 신청서를 넣었다는 거지….

엉겁결에 랭커 두 배 이벤트

여튼 님들은 할 수 있어요!

독재 오져!!

ㄷㄷㄷ

공성전…
재밌겠다….

하잉.

'ㅈi9별' 님께서
게임에 접속하셨습니다.

ㅎㅇㅎㅇ

오?
오늘 웬일로
늦으셨대요?

급하게 알바
대타 뜀ㅠ

하이요.

ㅎㅇㅎㅇ

자,
뉴 님
4차 전직 퀘
얼마나 했어요?

급빠릿!

숙제 검사하는
선생님이야?

하이웨이
연구소인데…
반쯤 한 듯?

ㅋㅋ 튜토리얼도
못 했네.

직장인이
이걸 하루 만에
어케 해요——

ㅋㅋㅋㅋㅋㅋ

도와줄 테니까
홀블루 들어와요!

뿅!

[지구] 님께서
음성채널에
입장하셨습니다.

빠르네….

네— 여보데요—

똑

통화 종료

지구

ㅋㅋㅋㅋ

여보세요?

농담을 다큐로 받네….

아, 안 할 테니 얼릉 들어와요;;;

하여튼…

장난도 못 치겠네. 거참!

님은 맨날 장난만 치잖아요.

부스럭

부스럭

아니거든요?

…응?

지금 뭐 먹어요?

부스럭거리는 소리가…

네.

헐, 뭐 먹는데요?

치사하게 혼자만 먹냐!

받은 거라 이름은 질 모르는데…

우물

우물

레몬… 무슨 빵이래요.

음, 맛있네.

…레몬 빵?

네, 그 뭐더라… 쿠키는 아니고…

조개 모양? 빵인데…

도넛…도 아닌데…

냠근

조개·모양…

마들렌?

Madeleine

아, 네! 그거 맞는 것 같아요.

…누구한테 받은 거라고요?

네.

………

별 우연이
다 있네.

저도 오늘
어떤 사람한테
마들렌 줬거든요.

흐음—

안 물어봤는데요?

NO 관심!

아,
진짜——

......

듣다 보니
나 아는 사람이랑
목소리가 좀
닮은 것 같기도 하고…

설마요.

내 주변에 지구별 같은
정신 사나운 사람은
없는걸.

애초에 게임이
취미인 사람도 없고…

아니다.

한 사람 있나.

…이만 가세요.
저 게임해야 해서
바쁘거든요.

벌떡

뭐, 그쪽은 미연시를 하는 모양인 데다가…

지구별이랑은 털끝만큼도 비슷한 구석이 없지만.

있을 수 없는 가정이야.

지구별 님 상상력도 좋으시네요.

우연이 겹칠 수도 있죠.

……

그런가…?

굼적…

그럼요.

225

226

푸른빛무리 꽃 채집
퀘스트 조건이
만족되었습니다.

후, 드디어!

멧돼지 토벌
퀘스트 조건이
만족되었습니다.

여기도
끝났어요!

파란 꽃이랑
돼지는 끝났고,

빨간 꽃은
몇 개 남았어요?

그건 아직
100개쯤
남았어요.

ㅇㅋㅇㅋ
맵 이동해야겠네.

팔로 미~

흐어어…

냥 님은 이걸 어떻게 하루 만에 혼자 하셨지….

※심지어 아무도 안 도와줬는데 야무지게 전직해 옴

현역 고딩의 체력을 얕보지 말라

4차 전직 조건은 그야말로 노가다 파밍.

양이 너무 많아서 도움받지 않곤 못했을 것 같은데 말이지….

생각할수록 대단하네, 냥 님…

버터호랑이랑 동시에 깨려면 3맵으로 가야 해요.

어디 보자, 3맵…

아항… 똑똑한 줄 알았넹~

헉, 내 전직 퀘스트에 그렇게까지?

공략 글은 그냥 나한테 보라고 해도 됐을 텐데.

와, 그걸 어케 다 기억해요?

전 4차 퀘한 지 하도 오래돼서 기억 하나도 안 나는데.

예? 그걸 다 기억할 리가요 ㅋㅋㅋㅋㅋ

당연히 공략 글 보는 중이지~ ^_^

전에 멋대로
돈 넣어주신 것도
그렇고,

저쪽의
신사분께서
보내셨습니다.

다들 매번 남의 일을
자기 일처럼 도와준단
말이야….

뭔가 나도
고마움 표시를
하고 싶은데…

뭐가
좋을까….

…아,
그게 있었지!

파
앙
!

…뉴 님?

갑자기 머예여?

아, 아뇨…
도와주셔서
고맙다는 뜻에서…

네에?! ㅋㅋㅋㅋㅋ
아니ㅋㅋㅋㅋㅋ

ㅋㅋㅋㅋ
ㅠㅠㅠㅠ

아 웃겨

200렙 넘어서까지 뉴비 모먼트 나오는 거 ㅋㅋㅋㅋㅋ

생김새 땜에 더 웃김ㅜ

제 생김새가 어때서요.

(정색)

진짜 모르셔서 묻는 거? ㅋㅋㅋㅋㅋㅋㅋ

저 지금 진짜 개쌉고수 같은데 왜요?

반 짝

아ㅋㅋㅋㅋ ㅋㅋㅋㅋㅋㅋ

쌉고수 ㅋㅋㅋㅋㅋㅋ ㅋㅋㅋ

ㅅㅂ… 괜히 나댔다가 본전도 못 건졌네.

그럼 저는여?

살 랑

저한테도 고마워여???

....

삐 이이익!

지구별 관심 주기 타임~

시작~

……;

ㄱ~~~~~~ㅅ!

진짜 귀찮다, 지구별…

ㅇㅇ ㄱㅅ.

…좀 길게 말해주세여.

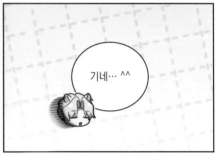

기네… ^^

그야 물론…

고맙긴 한데?

지구별한테도 고맙긴 한데…

굼적…

깜짝이야.

말 없어서 홀블루 나간 줄 알았는데…!

지구

음성 연결 중

저한테 그렇게 고마워요?

뉴 님 원래도 이렇게 혼잣말 자주 해요?

그럴 줄 알았다니까. 쭝쭝

……

…저도 몰랐는데 그러네요.

내가 방금 소리 내서 말했던가?

크흠… 흠…

이놈의 버릇…!

그나저나 왜 계속 아무 말도 안 했어요?

하도 조용해서 음성채팅 나가신 줄 알았는데…

아…

나간 건 아니고,
잠깐 마이크만
끄고 있었어요.

잠깐 생각할 게
좀 있어서….

…?

와, 놀랍다.
지구별이 생각을
다 하다니…

…뭐예요, 시비?

아차,

또 입 밖으로…

크흠…
무슨 생각
했는데?

……

그쪽
생각이요.

……응?

내 생각을
왜…

당황하긴.

계속 나한테
느끼한 장난을
치려는 속셈인가 본데,

이젠 안 당한다!

Lv.206
neutaaaa

축하드립니다!
히어로로 전직하셨습니다!

내가 4차 전직을
하는 날이 오긴
오는구나…!

힘든
싸움이었다….

고마워요,
길드원들아!!

방어 패시브 스킬이
생성되었습니다.

스킬이 초기화되었습니다.
단축키 'k'를 눌러
스킬을 확인해주세요.

네, 근데 그냥
제가 조합해서
만들려구요.

아, 맞다.
전직하면
기존 무기는
사용 못 하지.

무기
없어요?

용기가
가상하네ㅋㅋㅋ
무기 제작할 레벨
안 되잖아요?

그냥
하나 사시지?

무기 제작
레벨…?

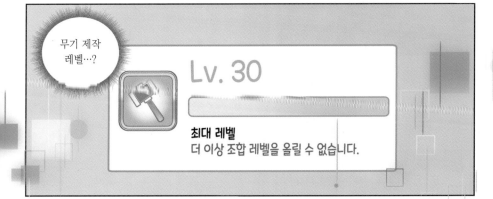

Lv. 30

최대 레벨
더 이상 조합 레벨을 올릴 수 없습니다.

저 제작 레벨 30인데 이거보다 높아야 해요?

최대 레벨이라고 뜨는데···

···예?

아니, 뭐 한다고 조합 레벨을 30까지 올려뒀는데요?

초반에 삽질을 해서ㅎㅎ;

그야, 전에 했던 게임 '리틀포레스트'에선 여러 아이템을 조합하는 직업이었단 말이지.

'일루전'에서도 비슷할 줄 알고···

전혀-달랐지만^^;

그럼 일단 히어로 무기 조합 재료는 있으니까,

고급 파편만 사 오면 되겠네요.

필수 강화 재료

고급 파편
45/60

잠만요. 저 최고급 파편은 모아둔 거 있어서 그거 드리면 될 거 같고···

[길드]지i9별: 혹시 고급 파편 남으시는 분?

저 있음!

한 세트 500에 팔게요.

전 한 세트 300~

?

지금 싸우시는 거 아니에요…?

말려야 하나…?

음~ 개이득~

[길드]al0ha: …250

[길드]박휘벌레: 200ㅋㅋ

[길드]al0ha: 작작 하쇼, 150!!

우당탕-!

여기 힐러 팬다~!

근데 지구별 님 고급 파편은 왜요?

[길드]지9별: 뉴타 님 전직하셔서 무기 제작하신대요.

멍

찻

[길드]포세이돈대장: 헐, 뉴 님 언제 히어로로 전직하셨어요…?

아, 하하… 방금요…!

스을~

뿡~

[서버]포세이돈대장: 》neutaaaa《 히어로 전직 축하드립니다!

……!

오~

[서버]완두완댜:
♥♥최강히어로 [neutaaaa]
전직 축하드려요!
이제 착장 좀 바꾸자!♥♥

ㅊㅊㅊㅊㅊ

[서버]박휘벌래:
[neutaaaa] 《《《《
#세계서열0위
#히어로
#힘을숨김

ㅊㅋㅊㅋ

[서버]al0ha:
뉴타 님
이제 현생에 과몰입 마시고
겜생 좀 열심히 사세요~^^;

축하요!

[서버]냥이냥냥:
[neutaaaa] 히어로
완전 ㅊㅋㅊㅋ!!

와! 4차 전직!

ㅊㅋ~

전직하셨나 봐요?
축하해요!

ㅊㅋㅊㅋ!

콩그레츄레이숀~

모르는
사람들까지?

3차 전직할 때까진
이런 적이 단 한 번도
없었는데….

243

이래서…

사람들이
길드에 드는 게
좋다고 말하는……

뉴 님,
저는요??

[서버]neutaaaa:
축하해주셔서
감사합니다ㅠㅠ

저는요??
저한테요??

제가 제일
많이 도왔는데?

따로 하실 말씀
없으신가요?

네? 네??

……

데자뷔가…

지구별 님도
감사해요.

헤헤,
얼만큼요??

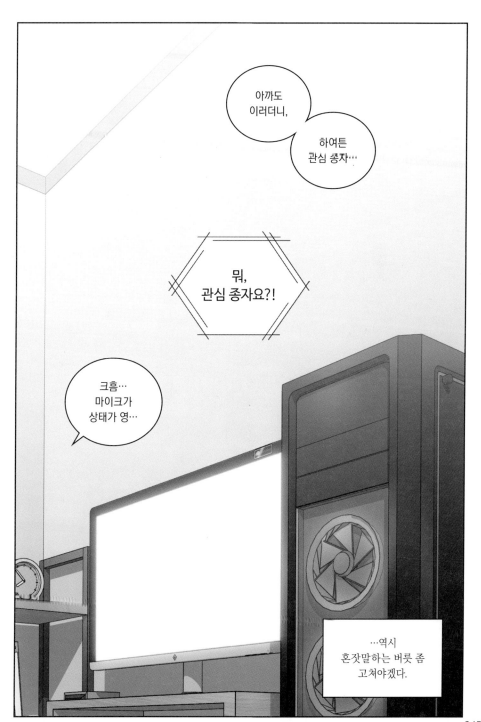

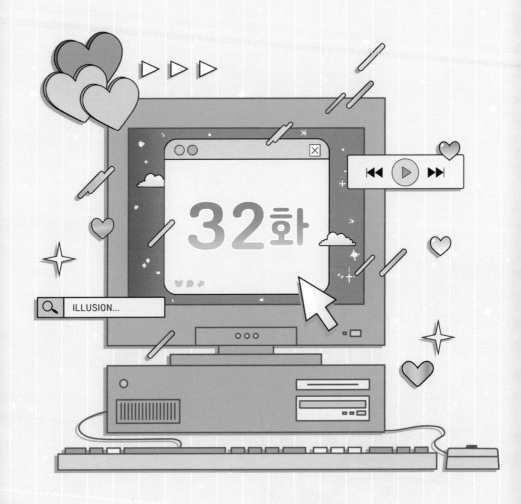

neutaaaa님이 채팅에 참여했습니다. 띠롱~

z̄i9별
애들아 뉴타님 없었다.

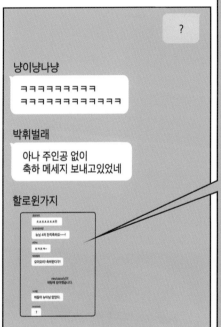

?

냥이냥나냥
ㅋㅋㅋㅋㅋㅋㅋㅋㅋ
ㅋㅋㅋㅋㅋㅋㅋㅋㅋㅋㅋㅋ

박휘벌래
아나 주인공 없이
축하 메세지 보내고있었네

할로윈가지

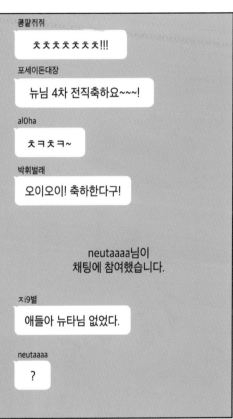

콩팥지쥐
ㅊㅊㅊㅊㅊㅊㅊ!!!

포세이돈대장
뉴님 4차 전직축하요~~~!

al0ha
ㅊㅋㅊㅋ~

박휘벌래
오이오이! 축하한다구!

neutaaaa님이
채팅에 참여했습니다.

z̄i9별
애들아 뉴타님 없었다.

neutaaaa
?

ㅋㅋㅋ

4차 전직을
다시 한번 축하받으며
길드 채팅방까지
들어오게 되었다.

훗…

뭔가…

본격적으로
게임에 정이 붙기
시작하는데?

〈황금 망치〉

〈깨진 용의 비늘〉

〈부서진 갈루마의
수정 구슬〉

〈고급 파편*150〉

〈최고급 파편*80〉

〈갈루마의 옵서버〉
조합을 시작하시겠습니까?
(성공 확률 3%)

따당!

아이템이
소모되었습니다.

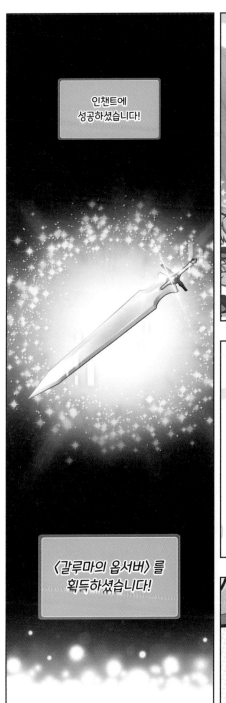

인챈트에
성공하셨습니다!

〈갈루마의 옵서버〉를
획득하셨습니다!

됐다!

말도 안 돼
~~!!!

3% 확률을
한 번에
성공한다고…?

사기다…
ㄷㄷ

조합 스탯 만렙은
뭔가 다른 건가??

속지 마세요!

조합 스탯을
만렙으로 찍는다고
확률이 달라지진
않는다고요!

헐,
그런 거야?

스탯 올린 뒤로
잘 안 터지길래
좋은 건 줄
알았는데…?

흠…

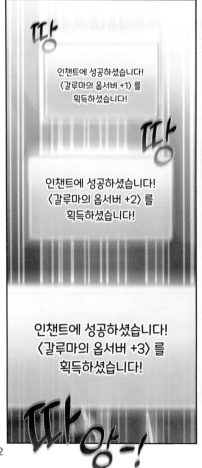

따앙

인챈트에 성공하셨습니다!
〈갈루마의 옵서버 +1〉를
획득하셨습니다!

따앙

인챈트에 성공하셨습니다!
〈갈루마의 옵서버 +2〉를
획득하셨습니다!

인챈트에 성공하셨습니다!
〈갈루마의 옵서버 +3〉를
획득하셨습니다!

따앙-!

잘만 되는데?

왜 다들
어렵다고
하는 거지?

252

…혹시
제작 확률
100퍼로
패치됐나요?

아뇨…
ㅋㅋ…

아니, 근데
어케 저래요?!

…뉴 님
강화 확률
몇 퍼에요?

어…
그게…

5퍼센트…?

…근데 제작부터
3강까지 한 번도
안 터졌다고?

축캐네….

이 정도로요?

…기만하지
마요..

ㅇㅋ
알았어….

비틀…

탁

저 자리가
명당인 거야!!

뉴 님 다하셨음
저도 거기서
해볼래요!

그러세요.

갓 뎀―!!!!

글고 보니
뉴 님,

조합 레시피는
어떻게
구하셨어요?

혼자 구하긴 좀
까다로웠을 텐데.

놀고 있네….

저게
안 되네….

아, 레시피는 1차 전직했을 때 모르는 사람한테 받았어요.

전에 1차 전직하고 나오는 길이었나…

모르는 사람이…?

누가 갑자기 절 치고 튀었거든요.

예?! 갑자기요?!

네, 생긴 게 ㅈ같다나 뭐라나….

ㅁㅊ… 그렇다고 뉴비를 치냐.

지구별 같은 인성 쓰레기가 또 있었네.

여기서 내 이름이 왜 나오지?

억울하네, 저는 뉴비 안 죽였거든요?

뉴타 님만 죽였거든요???

255

…그게 더 나쁜 거 아님?

헤헤헨~☆

저는 사과했잖음! ><

여튼… 지나가던 사람들이 절 불쌍하게 봤는지 아이템을 막 주더라고요.

레시피는 그때 받았어요.

그럴구나….

아이템 쥐여준 사람 마음도 이해되네요.

양심이란 게 있으면 뉴타 님처럼 생긴 사람은 무슨 일이 있어도 패면 안 되죠….

……

ㅁㅈㅁㅈ!

저번부터 신경 쓰인 건데…

저 지금 진짜 개쌉고수 같은데 왜요?

쌉고수 ㅋㅋㅋㅋㅋㅋㅋㅋㅋ

얼ㅋㅋㅋㅋㅋ ㅋㅋㅋㅋㅋㅋㅋ

저…… 진짜 족같이 생겼어요?

푸학!

크… 크흡…

…큭…
히힉……
흡……

…스브.

대체 제 캐릭터의
어디가 문젠데요?!

음…

일단…

머리? 부터…

발끝…?

까지인 듯!

전부란
뜻이잖아!

ㅋㅋㅋㅋㅋ
ㅋㅋㅋㅋㅋㅋㅋㅋ
ㅋㅋㅋㅋㅋㅋㅋㅋㅋ

口大 ㅋㅋㅋㅋ
ㅋㅋㅋㅋㅋ

제 생각엔
망토 때문인 것
같은데…

뉴타 님, 망토를
포기해보시는 게
어때요?

……

죄,
죄송해요….

ㅋㅋㅋㅋ크힉…!
크흑!

뭣도
모르는 것들이
개나대….

나, 나대서 죄송,
으하, 흐흑, 힛…

그만 웃어요
— —

…그렇게
별론가?

크… 크힉히…

258

다들 저러니
나도 괜히
신경 쓰이네…

뉴 님.

저 바주카 한번만
강화 시도
해주실 수 있나요.

제가 하면
100퍼센트
터질 거 같아서…

헐;;
저도 실패하면
어떡해요.

터져도 괜찮아요,
시도만 해보려고요.

잘 나오면
좋은 거 드림ㅋ

'냥이냥나냥' 님께서
거래를 신청하셨습니다.

좋은 거?

ㅇㅋ…
한번 해볼게요.

인챈트에
성공하셨습니다!

짠~

오, 성공했네.

와!
행운옵 7레벨??
ㄷㄷㄷ

님 천재세요??

ㅎ 제가 좀.

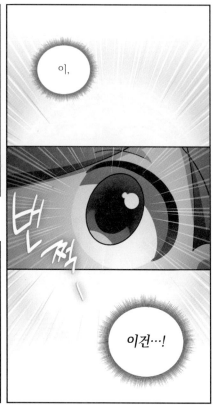

이,

이건…!

꺄!!!
좋은 거
드릴게요.

뉴 님?
어디 가요?

쌔앵~!!

말하면
놀림당한다!!!

이시스 메이크업 샵

헤어 변경권
+성형권

By. 굿냥이~

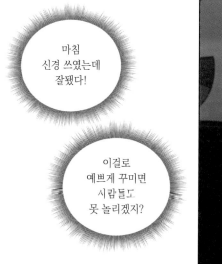

마침
신경 쓰였는데
잘됐다!

이걸로
예쁘게 꾸미면
사람들도
못 놀리겠지?

〈속보〉
뉴타 님 메이크업 샵
들어가 화제!

족같이 생겼다는 말을
신경 쓴 게 분명하다는
연구 결과 발표.

261

제발 좋은 거
나오게 해주세요~

중얼
중얼

헤어 교체와
동시에…

얼굴 변경권

Random

큭따!

랜덤 얼굴 변경권
발동!

…!!

MAKEUP SHOP

오, 드디어
나왔다!

저 어때요?

옷까지 완벽하죠?

아, 뭐야. 예뻐지셨네. 노잼;

얼굴 랜덤인데 어케 딱 저게 나오냐;

이제 50렙 같지 않네요…!

…전엔 50렙 같았나요.

…^^

이제 망토만 벗으시면 되겠구만.

……………………

아, 거참 알았다고요 ㅋㅋㅋㅋ

ㅋㅋㅋㅋㅋ

ㅋㅋㅋㅋㅋ

…?

그러고 보니
제일 시끄러울 것 같던
지구별이 조용하네….

'지9별' 님께서
로그아웃 하셨습니다.

응…?

뭐지…?

낼도 없이

길드 톡방이요

● [지구] 님께서 음성채팅을 나가셨습니다.

…무슨 일 있나?

형아, 그 꼬추 큰 형아랑 싸웠어요?

엥?

저희 누나가~
그 형 안 나오니까
수영 다닐 맛 안 난다고
형한테 물어보래요.

형은 그 형이랑
친구니까
언제 오는지 알죠?

…음, 어쩌지?
형도 잘
모르는데.

친구도
아니고….

에이, 형이랑만
대화하던데….

음

일단 마주치면
물어봐줄게.

탕'''

생각해보니 윤지구 씨,
이번 주 내내
수영 안 나왔네.

어디 아픈가?

…설마.

…그때 비 맞아서
감기라도 걸린 건가?

어떡해….

그때 사탕이나
줄 게 아니라
우산 제대로 쓰라고
말해줄걸.

일주일이나
수영에 못 나올 정도면
많이 아픈 거 아니야?

안 그래도
혼자 살 때 아프면
힘든데…

근심…

걱정…

두근

두근

두근

어떡하지.

쓰러지기라도
한 건…!

9

띵~

혹시 모르니까
확인 겸
찾아가봐야겠어!

스르륵…

어?

272

누군데
남의 집 앞에…

어, 윤지구.

집 비번 왜
바꿨어.

…왜,
형이 동생 집 좀
찾아온다는데
뭐가 문제야.

아…
형이구나….

901

너 어디야?

너
안에 있지.

또 집 안 치워서
문 안 열어주는 거
아니야?

아,
엄마 카페라고?
그럼 글로 간다.

…

…지금 형한테
대드냐? 죽을래?

글

휙

헙.

아,
안녕하세요.

구벅

저 옆집 사는
사람입니다.

아…

구벅‥

네….

그래도 윤지구 씨
무사한가 보네.

쓰러진 줄
알았는데
다행이다…

중얼‥

907

예?

형제가
닮긴 했네….

뭐지?

어쩌라고요

그, 그럼
이만…

안물

안궁

얼굴에 써 있음.

지구가
쓰러져요?

왜요!?

아.

또 혼잣말을…

지… 지구기
아팠나요?

아뇨,
그게 아니라…!

지구 씨랑
같은 수영장에 다니는데
이번 주는 내내
안 나오셨거든요.

그래서 혹시나
아픈 건 아닌가
싶었는데…

수영을
일주일이나
빠졌어요?

운동은 빼먹지
말라니까
그 자식…!

앗, 어쩐지
일러바친 게
됐다.

아, 저는 윤지혁이라고 합니다.

아, 넵. 이여운이에요.

지쿠 형이에요.

괜찮다면 저도 잠깐 같이 가도 될까요?

지구 씨한테 물어보고 싶은 게 있어서….

친구잖아요~ 언제 오냐고 물어봐요~

그래, 그래…

…지금부터 지구 씨한테 가시나요?

네? 그러세요.

예.

동생이랑은 나이 차가 좀 나시나 봐요.

저벅

예, 지구가 늦둥이거든요.

저벅

저랑은
아홉 살 차이고,
둘째랑은 여덟 살
차이인데…

오냐오냐
키웠더니~

그렇구나~
통화 말투가
험악했던 것치곤
흐물흐물하시네.

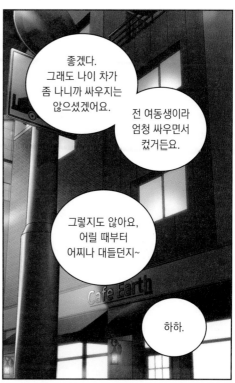

좋겠다.
그래도 나이 차가
좀 나니까 싸우지는
않으셨겠어요.

전 여동생이라
엄청 싸우면서
컸거든요.

그렇지도 않아요,
어릴 때부터
어찌나 대들던지~

하하.

……

뭐…

빼꼼

어허,
손가락
안 내려?!

안녕하세요~

277

뭐, 뭐야, 형…
왜 이 사람이랑…

너한테 볼일
있으시대서
같이 왔는데, 왜?

주춤…

형을 어떻게
구워삶았길래…

짜식이
버릇없게!

악!

너 아플까 봐
걱정해준 사람한테
말 그렇게 할래?!

걱정…?

소근

?

슈우욱~

에이씨

……

저기요.

저한테 뭐 볼일 있어요?

저벽

저벽

......

이여운이에요.

…예?

'저기요'가 아니고…

이여운이라고요.

저는 지구 씨 이름 아는데…

…윽, 벼… 별로….

지구 씨도 제 이름이 궁금하실까 봐요.

또 당황하네….

이렇게까지 날 어색해하는 사람은 처음 만나봐서 신기하긴 하다.

째걱… 부글글글

딱히 좋아할 만한 이유가 없어서요.

됐어요?

평소 같았으면

먼저 철벽 치는 사람한테는 신경 껐을 텐데

일단 앉아서
얘기하죠.

여운 씨
지금 바쁘세요?

?!

저,

엄청
한가해요!

아,
바쁘시지!

바쁘죠?
바쁘대.

할 일 있는 사람
붙잡는 거 아니야.

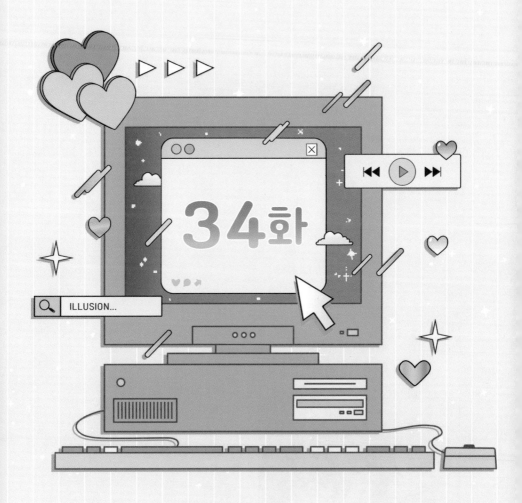

잘됐다.
그럼 앉아서
얘기 좀 해요.

뭐
드실래요?

제가
커피 살게요.

(냉큼)

아메리카노,
따뜻한 걸로요.

이런 날씨에
뜨겁게
드시게요?

아니

뭔데

날이
꿉꿉해서요.

여름인데,
특이하시네.

들었지, 윤지구?
따뜻한 거 하나,
시원한 거 하나.

어허,
엄연한 손님이야.
엄마한테 말한다.

내,
내가 왜…!

으…

285

지구가 이번 주에 수영을 몇 번 빼먹었는지 여쭤봐도 되나요?

음—

이번 주에는 하루도 안 왔으니까 사흘 정도…?

그러고 보니 여운 씨는…

수영 다니기 전에 다른 운동 좀 해보셨나 봐요?

저요?

사흘….

관심….

후후훗….

…음.

286

그런데 그건
왜요?

자세가 되게
바르시길래요.

음…
수영 다닌 지는
얼마 안 됐구요.

운동은 그냥
이것저것
많이 했어요.

작년엔 친구 따라서
복싱 다녔고,
그 전엔 피티도 조금…

…?

GYM&
FITNESS
PHYSICAL FITNESS TRAINING

대표 윤지혁
010. 1234. 5678
fitness@company.com

서울시 강남구 운동로 117 9층 짐앤피트니스

〈짐 앤 피트니스〉…

대표, 윤지혁…

우와…
대표…!

별로 안 머니까
수영 질리면
오세요.

…윤지구.

혼자 알아서
잘한대서
손 놓고
있었더니…

수영을
사흘씩이나
빼먹어?

…아,
왜 멋대로
일러바쳐요!

아, 아니
전 어디 아프셨나
싶어서….

그냥
바쁜 일 있어서
수영 며칠 못 간 거
가지고.

내일부터는
다시 갈 거
거든요?

그걸 왜
날 보면서
말하냐.

그리고
바쁜 일이
뭔데.

너 이번 학교도
하루로 몰아서
가잖아.

공부?
…네가?

…시험공부하느라
바빴어——

뭐, 뭐!

나
밤샜거든??

288

와, 수강 신청을
어떻게 하루에
몰아넣었지.

손이 엄청
빠른가 보네.

나, 여덟 학기 내내
공강이 있던 적이
없는데⋯

⋯아,

이게 아니지.

탁

지구 씨.

왜요?

그럼 어디
아픈 건
아닌 거죠?

멈칫

다행이다⋯.

비 맞은 것 때문에 감기라도 걸린 것 아닌가 걱정했어요.

남이사 감기에 걸리든 말든,

그쪽이나 잘…

약

…뭐,

뭐래…….

너 자꾸 예의 없게 굴래?

무튼, 윤지구. 아프지도 않은데 운동 빼먹지 마, 근손실 오니까.

간식도 먹지 말고.

쩌릿

시끄러, 헬창아.

잔소리하려고 온 거야?

그건 아니고…

이번 주말에 영이 좀 봐달라고.

윤영은 왜? 나 주말에 바빠.

뭐 하는데. 너 아직도 그 게임 하지?

그 이상한 캐릭터 나오는 거.

미연시를 예전부터 해왔나 보네….

290

형은 무슨 그런 얘길…!

귀여운 조카보다 게임이 중요하냐?

아, 알았으니까 쓸데없는 소리 말고 빨랑 가.

?

주말에 연락할게.

그럼 먼저 일어나볼게요, 여운 씨.

앗… 넵!

지구가 헛짓하면 거기 적힌 번호로 전화 주세요.

네!

번호 교환도 했어?!

그럼 형 간다~ 주말에 전화 안 받으면 죽어~

아, 진짜!

난 커피 마시고 느긋하게 일어나야지.

…저기요.

달각

네?

내일부터 수영 나갈 거니까 카페엔 찾아오지 마요.

? 네….

마감 시간에 찾아와서 빡치셨나….

다음부턴 빨리 와야겠다

슥…

톡

[지구] 님께서 음성채팅을 나가셨습니다.

갑자기 왜 나가셨어요?

읽음

오늘도 답장이 없네.

읽음

무슨 일이라도
있나…?

카페어스 카페/베이커리

★ 4.3/5　방문자 리뷰 438 · 블로그 리뷰 75

'ㅈi9별' 님께서
로그아웃하셨습니다.

'ehdwn****'님의 후기 ★☆☆☆☆ (추천 1)

알바생들이 하나같이 싸가지가 없네요. ㅋㅋ
손님한테 절대 안 웃어줍니다.

'qkdlf****'님의 후기 ★☆☆☆☆ (추천 1)

여친이랑 왔는데 주문 받는 알바분이
자꾸 절 째려보더군요....
사장님 이런 직원은 좀 자르셔야...^^

'ghdlt****'님의 후기 ★☆☆☆☆ (추천 1)

씨1발-! 낮에 여기 알바 잘생겼대서
야자 째고 달려왔는데 ㅈㄴ 틱틱대네 ——

☆☆ (추천 1)

톡…

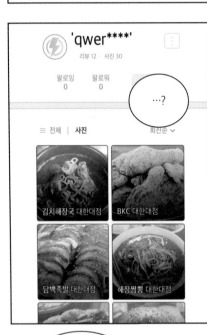

'qwer****'
리뷰 12 · 사진 30

팔로잉 팔로워
0   0

…?

≡ 전체 | 사진   최신순 ⌄

김치해장국 대한대점   BKC 대한대점

담백족발 대한대점   해장짬뽕 대한대점

뭐지,
이 사람.

생각해보니,

음…?

카페에스
알바 욕하는 평점마다
좋아요를 눌러놓더니,

리뷰는
다 대한대
근처잖아…?

대한대랑 여기랑
거리가 좀 되는 걸로
알고 있는데.

김치해장국 대한대점

★★★★★
밤새 달렸더니 해장국이 땡김~
개존맛 역시 해장은 김치해장국ㅋ

알바한테
그렇게
화가 났나?

……

저기요.

Kiwi 4.5
Banana 4.5
Tomato 4.5

카페엔 찾아오지
말라고 말씀
드렸잖아요.

그런데 왜…!

네? 지구 씨
찾아온 게 아니라
커피 마시러
온 건데…

으…!

여기 커피
맛있잖아요.

아니…
하…

그렇다고
월, 화, 목…

이번 주만
3일이나
왔잖아요.

…지구 씨.

제가 온 날을
다 세셨어요?

멈
찍

일일이?

와
끈

타
악

한 끔

매번 저렇게 화를 내고
인상을 찌푸린단 말이야.

인생이 힘든가….

어이쿡

타 타 타

뿌수는 줄…

맛있게
드세요!!!

늦잠 자려고
주말만
기다렸는데…

출근 시간만 되면
눈이 자동으로
떠진단 말이야.

여울하게…

입사 이래
제일 힘든 주였지.

다시 해!

일 몰아쳐서 바빠 죽겠는데
상사는 내 잘못도
아닌 일에 화만 내고.

301

…덕분에 생각에 없던
적금까지 늘어버렸잖아.

〈살인 청부 적금〉
계좌를 개설하셨습니다!

…그래도
내일부터는
공성전도 있고,

게임하면서
잊자, 잊어.

어? 뉴 님!

아침부터
싸움을
거시네?

아침인데
출근 준비
안 하세요?

…아,
주말이구나?

냥 님
직장인들한테
광역기 쓰네.

밤새서
잠깐 까먹었어요.
ㅈㅅㅈㅅ
ㅋㅋㅋㅋ

조심하세요… ^^

두리번...

왜요?

아뇨,
아무것도
아니에요.

'지9별' 님께서
로그아웃하셨습니다.

오늘도 안 들어왔나?

벌써 일주일짼데…

길드 톡방에도
안 나타나고…

중열…

공성전이
코앞인데…

타뱍
타뱍

랭킹 2위인 사람이
빠져도 제대로
돌아가려나….

타뱍…

엥?

쓰둥~☆

뭐야?

친구 창엔
없는 걸로 뜨는데?!

지,
지구별 님…??

저기…

〈 포세이돈 길드 〉
지9달

…?

지9달

지구… 달?

왜 나는 너를 만나서~

자세히 보니

눈 밑에
점이 찍혀 있네?

…지구별 님,
부캐 파셨어요?

레벨 180…?

지구별이냐고
물어보면
대답 안 해요.

맞아여.
본인이 뉴비라나
뭐라나….

지구별이란 사람
모른대요ㅋㅋ

커마나 좀
다르게 하든가
진짜 또라이임
ㅋㅋㅋㅋㅋㅋ

…?

그래도 오랜만에 보니 반갑긴 하네.

그럼 지구달… 님?

이걸 받아주네

예?;;;;; 저 아세요?

누구…?

모르는 척 하는 거 봐 ㅋㅋㅋㅋ

…저 사람 왜 저래요?

관중time~

저 어제 가입했는데?

글쎄요…

어제 갑자기 귓말 와서 길드 가입시켜달래서 시켜주긴 했는데….

컨셉질에 도라버린 ㅋㅋㅋㅋ

컨…셉?? 그게 모죠??? ㅇㅅㅇ

#컨셉충 #회귀물 #기억상실

진짜 별…

이상한 놈이야.

• • • • • • • • •

걱정해서 손해 봤네….

응?

누구 집 애기지

안녕하세요!

미소 어린이집 진달래반

…네 살! 윤영이에요.

응, 안녕.

꾸벅!

왜 혼자 있어요. 엄마랑 아빠는?

아빠가 차 가지고 데려다줬는데에…

저 엘리베이터 혼자 탈 수 있어서 우산으로 9층 눌렀어요.

그랬어요?
대단하네~

귀여워~

구... 층...!

그런데…

그런데 여기에
영이 삼촌 있어요?

별거
아닌데에……

부끄
부끄

여긴 902호고,
삼촌은 901호에요~

숫자 읽을 줄
알아요?

데려다줄게요~

숫자…
열까지!

우와~

진짜~?

~누가 봐도 핏줄~

…아!

딩동

아,
저 옆집…

안 사요――

……

딩동
딩동
딩동
딩동
딩동

씨, 뭐야!

와

아이가 집을 헷갈렸나 봐요.

…네.

그럼 이만…

이!

쭉!!

삼촌, 영이는 저 형아랑 놀래.

…뭔 소리야.

저 형이랑 노는 게 더 좋단 말이야!!

어허, 윤영, 말 안 들을래? 너네 아빠한테 다 이른다.

빼애애—!!!

아아아!!

어:::

313

으, 이만 가봐요.
애는 들어가서
달랠 테니까.

시러어

아야

저 형이랑
놀래애

삼촌 미워

네… 네!

영이, 안녕—

진짜
괜찮은 건가?

탁

삐
걱
.

으아앙

으앙

하
아
.

…조카가
고집이
세요.

쟤 밥 먹으면
바로 낮잠
자거든요?

그때까지만
잠깐…

……

…잠깐?

끙…

……저희 집에서
점심…
드실래요…?

윤지구 씨가
웬일?!

서 그럼 잠깐
컴퓨터만
끄고 올게요.

나야 환영이지.

점심 차려 먹기
귀찮았는데
잘됐다!

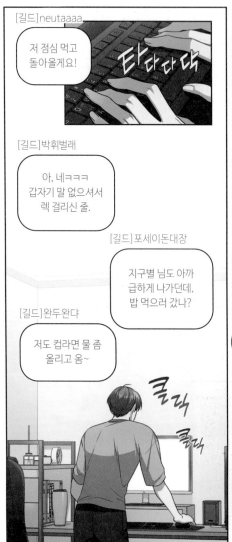

[길드]neutaaaa

저 점심 먹고
돌아올게요!

타다다다

[길드]박휘벌래

아, 네ㅋㅋㅋ
갑자기 말 없으셔서
렉 걸리신 줄.

[길드]포세이돈대장

지구별 님도 아까
급하게 나가던데,
밥 먹으러 갔나?

[길드]완두완댜

저도 컵라면 물 좀
올리고 옴~

클닥

클닥

클닥

어,
기다리셨어요?

바로
앞인데…

……

…오란다고
진짜 오네….

중얼…

휙

저 다시
들어가요?

혼잣말이었어요.

(경계)

빽
빽
빽
빽

안 보는데
거참.

띠리릭

찰칵...

오…

두리번

같은 층인데
여기 평수가
더 크네?

자, 이제 됐냐, 윤영?

영이 또 보네~

안녕~

훌쩍

삼촌 미워.

윤영 바보.

바보

삼촌이 더 바보

유치해…!

꼬옥

옆집 삼촌 뭐 하다 왔어요?

게임하다 왔어요.

우리 삼촌도
게임하는데!

흠칫

윤영!

악!
삼촌 시끄러워~!

미연시 같은
게임이나 하니까
떳떳하질
못하겠지…

쭈쭛…

잘 먹었습니다.

달그락

-냉동 볶음밥-

대기업의
맛….

냅둬요,
제가
치울 테니까.

넵.

쏴아

여름은
여름이다….

영이 지금
뭐 그려요?

삼촌 괴물….

이러니저러니 해도
사이좋네.

너 안 졸려?

웅~

저기요!

재랑 놀아주지
마요.

그러니까 더
안 자는 거잖아.

속닥

저는 옆에 앉아만
있었는데요...?

속닥

쿵

...윤영!
쿠키 먹을래?

휙

쿠키?!

잘한다,
우리 영이

어...
근데 아빠가 삼촌은
살찌면 안 되니까
감시 잘 하라구 했는데...

삼촌은
안 먹어.

그럼 먹을래~

그럼 혼자
놀고 있어.

?!

옆집 삼촌이
도와줘야
쿠키 빨리 먹지.

웅~

속닥

저 쿠키 만들 줄
모르는데요...?

속닥

됐으니까
옆에 앉아 있어요.
저렇게 두면
좀 있다 자겠지.

속닥

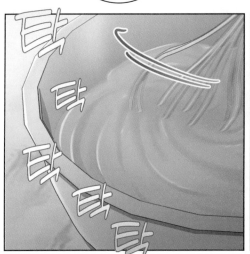

탁
탁
탁
탁
탁

덩그러니...

탁
탁
탁

……

지구 씨,
대한대학교
다녀요?

멈칫

……
……

그걸
어떻게…

아… 진짜.

이거요.

DEAHAN UNIVERSITY
DH
대한대학교

대한대학교

팔락

팔락

제 친구는
여기 재수해서
들어갔었는데.

지구 씨는
무슨 과예요?

……

경영과요.

의외 맞지.

주택 쳐들어옴 죄(?)로 신고할 거야!

복도 CCTV에 다 찍혔어!

헐…!!
의외로 공부 잘하시나 봐요.

'주거침입죄'요?

…의외?

…그래!

이렇게 말하던 사람이 명문대 경영과라니…

참!

대한대 앞에 김치 해장국 잘하는 데 있다던데 가보셨어요?

거기 더러운데요.

시우룩

그렇구나….

공감대 좀 형성해보려고 했더니…

짜둑

…응?

…응?

그러고 보니 내가 이 정보를 어떻게 알았지?

맞아, 그런 후기를 봤지.

그 사람도 대한대 사람 같았는데…

멀리 떨어져 있는 카페 어스 후기에 비추천을 누른 이유는 모르겠지만

뭐, 여기서부터 대한대까지 통학하는 사람도 있으니 우연이겠지.

커피가 엄청 입에 안 맞았다든가…

★★★★★
밤새 달렸더니 해장국이 땡김~
개존맛 역시 해장은 김치해장국ㅋ

김치해장국 대한대점

…아.

……

뻔…

…왜요?

…아니,

자꾸 중얼중얼
하시니까….

이놈의
버릇이 또…!

텁

시끄러웠으면
죄송해요.

버릇이 들어서
그만….

……

…?

어쩐지 분위기가
어색해졌네?

뭐,

뭐라도 말해야…

딩동댕

차량번호
6338

은색 차량의
차주분께서는─

관리사무소에서
안내 방송 드립니다.

출입구를 막고 있는
차량을 다른 곳으로
이동시켜주시기
바랍니다.

다시 한번
관리사무소에서…

'또' 6338?

주에 한 번은
이런 방송이
흘러나온다.

나도 출근하다가
불편했던 적이
한두 번이 아니고.

누구야, 진짜.

주차를 왜 맨날 그따위로 한대요, 그죠?

…………

…?

톡톡

갑자기 왜 휴대폰을…

주차를 왜 맨날 그따위로 한대요, 그죠?

…………

뚜르르…

어, 엄마.

빌라에서 엄마 차 빨리 빼달래.

?!?!?!?!?

왜 매번 주차를 여기다 해, 카페 옆에도 자리 있잖아…

아, 아니 대드는 게 아니라요…

시, 시, 시, 시X…!!!

《3권에서 계속》

이웃집 길드원 2

초판 1쇄 인쇄 2024년 11월 29일
초판 1쇄 발행 2024년 12월 27일

지은이 스튜디오 웨이브
펴낸이 김선식

부사장 김은영
제품개발 설민기, 윤세미
웹툰/웹소설사업본부장 김국현
웹소설팀 최수아, 김현미, 여인우, 이연수, 장기호, 주소영, 주은영
웹툰팀 김호애, 변지호, 안은주, 임지은, 조효진
IP제품팀 윤세미, 설민기, 신효정, 정예현, 정지혜
디지털마케팅팀 신현정, 신혜인, 이다움, 이소영
디자인팀 김선민, 김그린
저작권팀 성민경, 윤제희, 이슬
재무관리팀 하미선, 김재경, 김주영, 오지수, 이슬기, 임혜정 **제작관리팀** 이소현, 김소영, 김진경, 박예찬, 이지우, 최완규
인사총무팀 강미숙, 김혜진, 이정환, 황종원 **물류관리팀** 김형기, 김선진, 박재연, 양문현, 이민운, 이준희, 주정훈, 채원석, 한유현
외부스태프 나룬(디자인), 하나(본문조판)

펴낸곳 다산북스 **출판등록** 2005년 12월 23일 제313-2005-00277호
주소 경기도 파주시 회동길 490
전화 02-702-1724 **팩스** 02-703-2219 **이메일** dasanbooks@dasanbooks.com
홈페이지 www.dasan.group **블로그** blog.naver.com/dasan_books
종이 한솔피엔에스 **출력** 북토리 **인쇄·제본** 국일문화사 **코팅·후가공** 제이오엘엔피

ISBN 979-11-306-5642-7(04810)
ISBN 979-11-306-5610-6(SET)

다산북스(DASANBOOKS)는 책에 관한 독자 여러분의 아이디어와 원고를 기쁜 마음으로 기다리고 있습니다.
출간을 원하는 분은 다산북스 홈페이지 '원고 투고' 항목에 출간 기획서와 원고 샘플 등을 보내주세요.
머뭇거리지 말고 문을 두드리세요.